豐美的旅程

鮑曉暉散文集

鮑曉暉 著

豐美的旅程——自序

文壇前輩名作家羅蘭女士，有一篇小品「人生是啥？」。她認為「人生是一趟豐富酣暢的旅行」。

她說造物者花了很多巧思，創造了這個「世間」的傑作。這個世界有了山林泉水、鳥獸魚蟲、日月星晨、親情友愛、悲歡喜樂的生活內容。她說；她很喜歡投身其中，親歷命定的苦樂悲歡，奔波辛苦。及一路走來，遭遇的挫折困頓，崎嶇坎坷。也欣賞享受造物者給我們這些「旅人」巧思精心經營的多采多姿的「人生旅途」。

她還提醒我們這些旅人，如果你只在意途中風雨困頓，而忘了欣賞享受沿途的美好，那太可惜了！她把沿途的崎嶇風雨，視為是這趟免費旅行的代價！

在去年國家百歲出版的「百年一薈」紀念刊中，我寫下對國家百歲華誕的感言：「人生不滿百，我卻身臨國家百歲華誕，跨越兩個世紀。如果人生是造物者給我安排的一趟旅行，我看過鳥語花香，走過高山大川，經過戰亂困頓風霜。也享受過太平歲月的繁華富裕樂事。有親情友情，愛過被愛過。此生無憾！感謝這一路庇護我的國家。更感謝一路伴我行的旅伴！」

而此刻，我更感謝造物者的殊寵，祂賜給我一隻靈筆，這一路上的經歷、見聞、感受都是我書寫二十餘本作品的活水源頭。是的，每個人都有自己獨有的人生旅程。文學原本就是人生的故事，作者書寫的作品，都取材自己的生活經歷，不管是偉大的、平凡的，世人翻閱，都會由這些故事中得到些許的共鳴與感悟，讓自己的人生之路走得更順坦酣暢、豐美。

此書共分五輯「世間情緣」、「記憶深處」、「臺灣足跡」、「藝術文學」、「浮生閒情」。

回首來時路，有風霜雨雪，也有鳥語花香。有辛苦奔波，也有安逸閒暇。有戰亂血腥，也有親情友愛。有挫折沮喪，也有順遂喜悅。此刻的心情「無風無雨也無晴」，滿天晚霞夕陽紅。

鮑曉暉校畢後小記於中華民國一〇一年春

豐美的旅程——鮑曉暉散文集

第二輯　記憶深處

第三輯　臺灣足跡

第四輯　藝術文學

第五輯　浮生閒情

第一輯　世間情緣

無論親人、朋友、鄰居，乃至陌生人在這個世上相遇、相逢、相識、相聚，都是情緣。應該珍惜這些情緣。世上有情緣，人生不孤單，活得快樂，有幸福感。

牽手走遠路

臺北市鬧區中，一條幽僻的巷弄內，一間年代久遠的日式房屋，座落在西式群樓中，如一隻醜小鴨，乖乖趴蹲在群鶴裏。

在房屋近門口的矮院牆上，牽掛了一條廣告布條，在冬陽下招展。布條上的優美的大字寫著「牽手走遠路」，下面小字是「資深作家結婚照」展。

身居十里洋場，繁華大都市的臺北，走在大街鬧區，常會看見一家臨街櫥窗內，擺著讓路人多瞄一眼帥哥美女的結婚照。那是專為有情人結為終身伴侶所設的「婚紗照相館」。而在這深巷內「結婚照展」卻少見。

這個「結婚照」展覽，是國內一本純文學雜誌「文訊」，為臺灣資深作家設計舉辦的。

臺北濕冷的冬季，常是斜風細雨。開幕茶會那天，卻雨歇風停，燦爛的陽光也露臉。會場門口人影絡繹於途，彷彿賀客盈門，有著一股洋洋的喜氣！

一座古老的日式房屋，木地板走廊，榻榻米房間，各處散落，卻有序的掛著已放大的千姿百態，各式各樣的「結婚照」。堪稱久遠年代的婚紗照，不，有的新人卻沒有披婚紗，依然相依偎。照片雖已泛黃，但卻是俊男美女依稀展現，在這座有「家」的味道的日式房內，使人有溫暖美好的感覺。

沒有大廳堂，開幕儀式選在院落中舉行，在後院草坪旁空地上，搭起布棚，擺了排排的座椅，真像「辦喜酒」！在開幕儀式中，由文壇資深大老郭老（郭嗣汾）跟夫人攜手領頭，最年輕的一手寫詩，一手寫散文的林錫嘉老弟伉儷殿後；多位佳偶代表，踏著紅毯，在熱烈掌聲中走向臺前……。在熱鬧溫馨中結束了這個「跨世紀的結婚」照展的開幕典禮。

來時匆匆，會後我又在展覽的各個房間繞了一圈，駐腳凝視，仔細端詳每幀照片，猶如走回時光隧道。驀然回首，而今白髮蒼蒼，臉添皺紋的文友們，昔日個個是帥哥美女，英姿俊秀，嫵媚秀麗。原來，我們都年輕過！

這些作家，大多在國家動盪，艱困貧窮中成長生活，他（她）們寫大時代的故事，也寫小我的故事。

郭老在二戰結束後，在家鄉和同事小姐結為佳偶，後來戰亂又起，相攜來臺。從此落地生根，開枝散葉，異鄉成了家鄉。原本兩個人，現在已是三代同堂，家庭美滿。而郭夫人由當年遠庖廚的小姐，成了燒得一手好菜的女主人。好客的郭老府上食客不斷，傳為美談。執子之手，白頭偕老，依然身體健康，讓人羨慕！

女作家中，羅蘭女士來臺最早。橫跨廣播、寫作兩個領域，是資深廣播人。而「羅蘭小語」曾贏得兩岸廣大讀者的喜愛。如此豐富的人生，當年結婚時，新房家具只有一張小茶几，四把椅子借自同事。床單是準新娘親手縫製，都是離家獨自到臺灣的年輕人，出外靠朋友，婚禮全由雙方新聞界、文化界朋友策劃。夫君也是廣播界的前輩，婚禮辦得風風光光。

又編又寫，臺灣光復之初，即編副刊，又寫稿的文壇資深作家畢璞女士，結婚時沒有披婚紗，自己用毛筆在錦緞上親寫結婚證書。在抗日戰爭時期，時局動盪不安、物質匱乏，她是和家人離散，獨自流亡的「克難新娘」，和夫君是「文學姻緣」，一個編刊物，一個投稿，心心相映。沒穿婚紗的結婚照，別有一種儒雅、嫻靜美感，一坐一站相依偎，情深款款，引人注目。好像一張電影明星的劇照。

以唯美散文著稱的女作家艾雯女士，婚紗自己親手縫製。又因避戰亂卜居鄉下，以翠竹為喜幛、松針為紅毯，婚禮詩情畫意，是一場簡單別致的婚禮。

王書川、王黛影也是「文學夫妻」。兩人都擅長寫小說，一個是隻身渡海來臺的「窮小子」，一個是獨生的嬌嬌女「寶島姑娘」，這樣的婚姻，在那個年代，自然阻礙重重。王書川以「精誠所至，金石為開」的毅力，贏得岳父岳母的心，兩家化為一家春，結成佳偶，成了夫唱婦隨的小說家！

而我，當年以大二的在學學生，在教授與同學們的祝福中，在被圍城的瀋陽，炮聲隱隱作為婚禮進行曲，在「風聲鶴唳」中，踏上瀋陽賓館的紅毯。戰亂結束，四十年後回去探親訪舊，兩老坐在俄羅斯風味的瀋陽賓館大廳，環視周遭，景物依稀，人事已非！當年兩個如花似玉的新人，而今髮蒼臉如霜，相對飲著苦澀的俄國咖啡，憶當年說往事，心中的酸苦，難以言宣！

繞室細賞這四十幀展出的結婚照，正如小說家廖輝英所說的，幀幀背後都有一個感人的大時代故事，使人低喟不已！

這些故事多有著共同的背景：戰亂、貧窮。但貧窮不是打擊，戰亂不是恐懼，省籍也不是阻力。不考慮名利地位，「不愛你的金，不愛你的銀，只要你的心」，有情人單純的牽手走遠路，避風港在彼此的心中；人生有伴同行，風雨與共，禍福相隨，即使一路風風雨雨，內心有所倚靠，內心仍踏實。

婚姻道上，不可能無風無雨，永遠風和日麗。當我們站在當年拍攝的結婚照前，幾乎認不得自己。當年的海誓山盟都已淡忘，倆個垂垂老去的照中人，當會油然生出「夕陽無限好，已是近黃昏」，更會「卿須憐我，我憐卿」，只因有他（她），晚景不寂寞孤單。

刊於民國一百年一月十四日
中華副刊

鮑曉暉結婚四十週年攝。

細切慢燉烹家宴

年初二是女兒回娘家的日子。家人體貼我這終年主廚的母親大人，「忙年」已經夠累了，建議到飯館去慶團聚。我卻投反對票。

倒不是怕花錢浪費，而是覺得在飯館裏吃飯像作客，缺少親人相聚的溫馨氣氛。記得孩子小的時候，他們放學如果正遇到我在廚房準備晚餐，必衝進廚房嚷著：「媽媽，有什麼好吃的？我好餓哦！」

孩子的爸下班回來，先探首廚房：「我回來了，今兒個吃點什麼？」

那時，我家一天最熱鬧快樂的時刻，是在晚餐桌上。全家邊吃邊聊天；孩子們爭講他們學校的趣事，丈夫談辦公室裏的見聞，我說我的辦公室裏的瑣碎；笑語和美味，化成幸福的滋味，我覺得那段歲月，每天都過得很滿足。

其實，我不是巧手的廚娘。猶記新婚第一餐煮給夫婿的，是北方最簡單的麵食——麵疙瘩湯。當我做的時候，內心好抱歉，沒有好廚藝「餵」他的胃。所以刻意加調味料。那麵疙瘩湯他吃得津津有味，多年後常對孩子誇我的麵疙瘩湯美滋味。

事實上，這種簡單的麵食能烹出什麼好滋味？只不過我倆同為北方人，對了他的胃口，加上我那份憐愛的情意，再加上他是個流亡學生，常年吃飯廳裏的大鍋飯。現在有位新婚妻子給他煮碗熱騰騰的麵疙瘩湯，那種幸福的滋味，遠超過美味滋味吧？

「合口」、「對味」是祖母對菜餚的評語。而我一向以這兩句評語，來掩蓋我不怎麼出色的廚藝；我常在菜場徘徊，尋覓孩子喜歡吃的蔬菜瓜豆，回來用母親的愛心調滋味，養成了他們的口味。我們不是常聽孩子們說：「媽媽的菜最好吃！」，因為媽媽的菜裏，含有無盡的母愛。

我家餐桌上的熱鬧，隨孩子長大，離家，漸漸變得冷清。有一陣子出國的出國，住校的住校，丈夫遠調東部工作。我的愛心餐也無用武之地，對廚事意興闌珊，下班回來，一碗速食麵，形單影隻面對電視機，好淒涼哦！而今孩子們成立小家庭，我家是真正的空巢了。中餐兩人在外自理，晚餐一葷一素一湯，兩人守著十人的大圓桌面的一隅，像泊在大湖岸邊的一葉小舟般，靜靜的如魚默默而食。唯有孩子們攜家帶眷回來吃飯，這個大餐桌上才熱鬧起來。

平常日子，孩子們各忙各的，撥不出時間姐弟妹們常相聚。為了給他們見面敘情的機會，我常在週末或節日找他們回來吃一頓，孩子稱是母親大人的「家宴」。

「家宴」的菜色，我仍本著「合口」、「對味」調配；小外孫非「毛豆炒豆腐干」不飽，不能少這道菜。肉絲炒酸菜粉條，是我的拿手菜，人人愛吃。大女婿的冰糖肘子，二女婿的蘿萄牛肉湯，媳婦是寶島姑娘，海鮮是最愛。老爺子丈夫佐酒的乾煎小黃魚，我那獨家的涼拌不能缺。雖然是幾樣普通的菜餚，但也夠我忙的；買菜、揀菜、洗、切、燉、煎、炒，整個上午不得閒。

餐桌上的佳餚，是主廚大師傅費心辛苦的調配。但餐館裏的大師傅永遠侷身在廚房。而我這大廚走出廚房，就被奉上首座，接受大夥的慰勞；敬酒、挾菜。遺憾地，在煎炒之際，我嚐嚐品品，鹽夠了嗎？醋加了嗎？加上累，胃口大減，只能淺嚐。但看他們爭相品嚐佳餚，津津有味、笑語連連；聊國事、家事，談工作、抱負，意興風發。不時為我佈菜、添湯。坐在哪兒，我有著子女成長的滿足和快樂，胸臆間脹滿了幸福的滋味。

作者子女照片。

提早退休

最近在媒體上得知，臺灣的公教人員圈中颳起一股「退休」風；很多未到年齡，服務已滿年資的少壯公務員及教職人員，興起「不如歸家」，告老還鄉之意，紛紛請退。因為經濟不景氣，政府開源無方，只好節流；未來不但大量裁員，退休金也將取消。怕自己案牘勞形半輩子的養老酬金泡湯，及早告退保住老本兒。

誰知這股風最近颳到我家來了。那天在桌上，大女兒當眾宣布：「我準備退休，已上了三次簽呈都不准，我要上第四次！」聽得大夥兒怔了一秒鐘，問其原因，也是為了區區的退休金！

我國政府的公務人員，一向是被羨慕的鐵飯碗工作，有制度、升遷、加薪、退休金，讓工作人員安心服務到退休年齡。

雖然早期有人形容公教人員待遇是吃不飽、餓不死的收入，但政府卻照顧有加；待遇菲薄，油、鹽、米配給到家。到月底青黃不接時，沒錢買菜也餓不著。年終獎金、雙薪，讓長年為政府工作的寒士盡歡顏。記得當年臺北有第一家百貨公司時，平日門可羅雀，到了春節擠得水洩不通，因為公教人員荷包豐滿了，成了最多的消費者。而我和丈夫兩個公務員，養大了五個孩子，都受高等教育，也都到國外鍍了金——留學。

後來臺灣經濟起飛，水漲船高，公教人員的待遇到現在，一個辦公室倒茶水送公文的小妹，也能月入兩萬左右。一位簡任的主管，月入八、九萬。現在因為政局不安，大家失去了信心，女兒也提早退休。

看著面前的女兒，左看右看都不應該像退休的人；髮未蒼、齒如貝、鳳眼明澈、活力充沛。讓這種有工作經驗的人回家過投閒置散的日子，社會還要花大把的經費養活她（他）們，對她的生命和社會資源都是一種浪費！我不知道女兒的選擇是對、是錯。

女兒在工作崗位上一向被倚重；對工作她駕輕就熟而樂在其中，認真負責。她退休後，勢必有新人接班。工作經驗是由走過的歲月中獲得，「新手」上路，難免需要摸索、適應甚至由錯誤中吸取經驗；這其中浪費了國家擢才的成本，也是一種損失！試想一個年代悠久的公司，有經驗的資深幹部都走光了，老闆不抓瞎才怪！

刊於民國九十一年一月十五日

中華副刊

天使的化身

最近校對小媳幽蘭新書《擁抱鄉愁的日子》初稿，竟然越校越感到愧疚和疼惜。

幽蘭是我的大兒媳，她在臺南成功大學讀書時，和高她兩班，讀土木系的大兒有緣結為情侶。兒子畢業後服預官役，她外文系畢業任職亞洲航空公司。兒子服畢兵役，考了托福後雙雙出國，算算已有二十多年了。

他們交往時，由於媳婦家在臺南，而我家住臺北，我和媳婦鮮少見面。在印象中她是個樸素溫婉的女孩，相貌平平，但兒子卻很帥氣，所以在我心目中並不是很理想的佳媳。

而且，我覺得她依賴性很重。我原寄望她隨兒子出國後，抓住機會申請學校讀個學位。我們那時經濟狀況不是很好，兒子出國讀書全倚仗獎學金，如果她申請到學校，有了獎學金，也可以減輕生活壓力。但事與願違，他倆不願在人地生疏的異國分居兩地，飽嚐難以見面的「牛郎織女鵲橋會」的相思之苦，媳婦就開始了無怨無悔，寂寞的伴讀生涯。

光陰如梭，兒子讀完碩士修博士，畢業後順利找到工作，長年羈旅美國，和老媽都生疏了。我退休後偶而和外子到美國探親，到他們家小住，以溫親情。他們一家子都熱情侍奉承歡，陪著旅遊，到賭城歡度週末假日。

我冷眼旁觀幽蘭的勤儉持家、相夫教子。她是傳統的佳媳，而且把唯一的孫子教導成頻頻得各項獎金獎牌的天才兒童、東方少年，讓師長認為臺灣的中國人是最優秀的民族。在我的心中，總以為他倆得天獨厚，求學、工作都一帆風順，在異國創造了自己美好的人生，老懷彌慰。

幽蘭在學校讀書時，常翻譯一些文章投稿，出國後相夫教子之餘，就以寫作閒暇，《擁抱鄉愁的日子》是她的散文集。她遠在國外，作者校對就由我代勞。

這本散文集裏面的文章，多取材自他們在美國生活中的點點滴滴，和面臨的問題及遭遇，以及如何奮鬥去追求自己的理想。有人說散文是作者的自傳，在校稿時，我發現了他倆在異國生活中，我所不知的一面。

兒子是個工作狂、書呆子，他們的生活裏諸多瑣碎、紛擾、難題多由幽蘭處理。有時還要客串兒子的秘書分勞。尤其是他們經濟拮据，在美國這沒有車子就如沒有腳的環境裏，他們只能買一輛老舊的二手車代步。在「雪夜驚魂」的一篇散文中，幽蘭記述在風雪交加的夜裏，開著老爺破車，如何掙扎著惶恐前行。幸而得到美國路人的協助，和友情的溫暖才脫離險境。她寫住在租來的小公寓裏，寒冬時暖氣不足，他們只有穿上厚重的衣服擁被而眠。兒子在電腦中心找資料，寫論文時，幽蘭目不交睫的陪伴竟夜，黎明時才開車回宿舍……。邊讀校邊心疼，更是滿懷對媳婦的感謝。

很喜歡西方宗教儀式的婚禮，當一對新人站在聖壇前，互相許下終生相守的誓言是：「願共患難，貧窮一生」。的確，每當我看到那些鶼鰈情深的年少夫妻，看到那相扶相持的老伴兒，常有莫名的感動。我常想，當母親不能一輩子庇護她的子女，上帝就賜給他們有緣的另一半，代替母親呵護他（她）們。所以做為婆婆的，要感謝媳婦；做岳母的要感謝女婿。在母親的心目中，他（她）們是天使的化身，呵護、疼愛自己的子女。

刊於民國九十二年六月二十一日　中華副刊

上｜么孫鮑俊霖和作者在今夏萬福國小畢業典禮上。

下｜旅居美國哈佛大學畢業的長孫鮑寵明在畢業酒會上。

天涯比鄰一念間

現今社會，很少人一輩子安土重遷，大多數人都搬過家。住定之後，正是鄰里、人際關係的開始。同一棟公寓內，住著各形各色的人，有的晚出夜歸，大聲關門擾人清夢；有的夜貓族通宵達旦，吵的樓下人家快要抓狂；也有門當戶對鄰居，住久生情，義結金蘭或喜成親家。

那是一個夏日的午後，蟬鳴悠揚，像往日一樣，我手拋書卷午夢長，睡得正香甜。

突然，被吵雜的人聲驚醒。睜開眼，鼻端嗅到一股子燒焦的味道。直覺的想：「火警！」接著傳來叮噹救火車鈴聲由遠而近。「大概就在家附近，會不會遭池魚之殃？」想到這兒，心慌起來，一個鷂子翻身下了床，衝到房門口，推門張望。呀！我的右鄰隔壁正冒著黑煙哪！接著有人按門鈴，門外芳鄰周太太叫：「鮑太太在嗎？快出來！」我開門一看心更慌，手都軟了，一群人遙望旁觀冒煙的房子。偏偏巷子窄，救火車開不進來。更糟的是，鐵將軍把門，主人不在家。救火員頻頻詢問誰家有這家開門的鑰匙？鄰居面面相覷。後來消防員衝破門，又把玻璃窗打碎。這樣一折騰，火撲熄了，但室內已成了浩劫後的焦土，一片狼藉！

火熄了，大家驚魂甫定，救火員也鬆了一口氣，為了表示謝意，芳鄰們紛紛趨前慰問辛苦，一位救火員意味深長的說：「如果快速進入室內，火勢早撲滅，因為廚房、浴室都有水源。」他又笑笑說：「好厝邊，住得這麼近，應該互換房門鑰匙，以減免意外災害！」

這話有道理，我們不是常說好鄰居要「守望相助」嗎？但這家災戶芳鄰，卻是標準的「老死不相往來」的都市人，從不和鄰居打交道；上班時，兩夫婦早出晚歸，退休後，兩人外出旅行，只有假日有人拜訪，大概是親友子女，日子過得靜悄悄。鄰居好多年，我只知道他們姓吳。後來聽說，由於火勢燃燒太久，損失慘重。幸好我們幾家近鄰沒被波及。

後來，我家搬到一棟頗為華麗的七層大樓，雖然有保全人員，但遠親不如近鄰，鄰居間有個風吹草動，總是近鄰先知曉。所以一搬來，我就打定主意，做好「睦鄰」的工作，交新朋友，也可以「守望相助」。

我住的是二樓，這層有五戶人家。一出電梯，只見寬長的走廊上，除了鞋櫃、傘架，空蕩蕩、靜悄悄，一股涼意逼人，因為每家大門都深鎖。

住下安定後，我的「睦鄰」拜訪工作果然不順利；有的淡淡客氣一番，有的以奇異眼光看我這個「雞婆」新芳鄰，更有的以那懷疑的眼光，認為我另有所謀。只有一位太太對我淡淡地說，她很少「打擾」鄰居！出入一個電梯門，竟如陌路人。管理員曾告訴我，有一層樓是套房，戶口流動性大，今日是近鄰，明日說不定搬離，比鄰成為天涯陌生人了。

也難怪我的睦鄰工作受阻，工業社會大眾份子複雜，良莠不齊，搬遷頻繁，怎能怪大家儘量保護隱私權，懷著戒心呢？那一年，我住著舒服華美的住宅，卻有一顆寂寞、杞憂的心。

幸虧後來丈夫服務的機關配了一棟宿舍。宿舍是坐落在一個大院子裏，一排排五棟公寓，有上百戶住著同仁眷屬，大家都走同一個大門。我們的宿舍在後邊那排二層樓房，是專配給單位主管的。

我們去看新居那天，是個朗朗晴天的星期日上午。一進大門別有風光，路旁種花種樹，樹下飄揚著晾曬的被單衣物，貓兒蹲臥在車頂上曬暖暖，是都市中少見的農家風光！而氣氛也不一樣，一路遇到同事，有外出，有拉著菜車回來，都停下腳步寒喧，互道關懷。到了新居前，更有左鄰右舍出來致歡迎之意。雖然房子老舊了些，卻滿懷著鄰里的溫馨情，立刻決定捨華廈就陋屋，歡天喜地遷來。

住下來後，最大的困擾是，出出進進常會遇到似曾相識的鄰居，卻不知他尊姓大名，住在哪棟樓，我一律以微笑點頭打招呼；一次和女兒出去，我又如此跟遇到的鄰居打招呼，女兒問我那是誰？我尷尬地笑笑說不知道，女兒笑罵「神經病」！在她這個年紀，她不知道這是我的睦鄰方式——先伸出友誼之手！

這個社區房舍另一個特點是，百分之八十住戶是本省人。○○局在日據時代就是政府的產業機關，員工一直是本省人多於外省人。但同仁眷屬相處融洽，互相關懷；太太們相約去做晨操，倒垃圾時圍在一起聊天哈啦，互相傳遞社區資訊，「族群對立」？沒影的歹誌。儘管政客把「族群對立」吵得沸沸揚揚，我們卻是渾然不知，過著好鄰居的日子。而我這個大陸東北女子，半世紀落地生根，連「親家」也是新竹人；天涯淪落人卻把異鄉變故鄉了。

人是不能離群索居的動物，要如小雞雛互相擁擠取暖，不要像刺蝟互不相容，才有生命的趣味。「天涯若比鄰」或「比鄰如天涯」，全在我們一念之間！

刊於臺灣月刊

愛管閒事的人

早上出門時，先把昨晚整理過的廢報，和一大袋八成新的舊衣放在房門口，才鎖上門出去；待會吳媽媽會來收這些剩餘廢物。

有人天生有化腐朽為神奇的頭腦；吳媽媽亦是如此。她把每次鄰居收集來的過期廢報積存起來，賣給「收酒矸」的，把錢捐給一個孤兒院，舊衣服送給慈濟處理。她說這是「廢物利用」、「愛惜物資」，一箭雙雕。

吳媽媽是我們這個「眷區」一位已退休的同仁太太，二、三十年的老鄰居，孩子們都叫她吳媽媽。

其實吳媽媽是個「好命的女人」，丈夫的職位不低，退休俸「麥克、麥克」花不完，兩個兒子在國外已自立，都是優秀的科技人才。她很可以每天打個小麻將，逛逛街，或出國旅遊，悠哉悠哉的輕鬆過日子。但就如她自我諷刺調侃的：「勞碌命，閒不住」。自己找個車馬費都沒有，辦事還自掏腰包解決的「義工」差，每天像一個工蜂，在「眷區」快樂的穿出穿進。

不但如此，她生性耿直，愛管閒事，鄰居有礙難雜事，她都喜歡插一腳。眷區鄰居背後戲稱她「雞婆」，是「眷區警察」。

譬如有一次十九號的李太太先生出差，她在浴室摔了一跤，腿骨骨折。一個兒子在臺南住校，又是半夜三更，李太太只好掛電話向她求救，她二話不說，打電話給「一一九」陪護到醫院。開刀、等待，折騰了一夜，直到李太太進了加護病房，第二天中午才回來。她的熱心、愛心，讓我看到「遠親不如近鄰」的鄰里情。

又有一次，七號的徐小妹走失，全家急得像熱鍋的螞蟻，團團轉去尋找。她知道後，立刻加入搜尋工作。大概有一頓飯的功夫，她抱著徐小妹笑嘻嘻的回來，讓大夥兒驚喜交加。

原來她平常日子出出進進，曾看到徐小妹有時在眷區附近小公園玩耍。下午放學時，也曾看到公園毗鄰的國小同學逗著活潑可愛的徐小妹玩。有一次冬季的傍晚，她硬是把貪玩的徐小妹強拉回家。

當時，她心頭捏了一把冷汗；治安不好，徐小妹一個人出去太久，不要出了差錯。但是又想，她常和國小的同學玩，會不會溜進校園裏去玩了？趕快跑到國小校園。那時剛是下午放學後，有的學生留在球場上打球。遠遠地，她看到徐小妹正坐在球場旁看臺上，看大夥打球。

「這個小野丫頭，還不想回來哪！」她的大嗓門裏充滿了疼惜。

在吳媽媽身上，我看到了「幼吾幼以及人之幼」的愛心，「守望相助」的鄰里情。

「助人為快樂之本」，在每天的垃圾車來時，她更發揮得淋漓盡致；幫行動笨拙，獨居的老年人搶著倒垃圾，倒回收物資。她雖然不望回報，但得到的是「人緣特佳」的回饋，每位鄰居對她滿懷好感和尊敬。

我們常嘆世風日下，古道熱腸的人少了。電視上，媒體所做的報導都是搶、殺、作奸犯科的消息，但這只是滄海一粟的少數。如果我們用心去觀察，在我們生活的每個角落裏，都有一些小人物，在默默的，誠心誠意的奉獻自己的愛心、關懷。

我曾看到，放學時間，在車水馬龍、交通紊亂的街口，年輕的媽媽客串導護老師，像母雞一樣，帶著一群小雞浩浩蕩蕩過馬路。往來搶路的車子，立刻乖乖的停下來，那景象會讓我感動得熱淚盈眶。

我曾在如迷宮般的大醫院裏，看到銀髮族的婆婆，以穩健的步履，熱情帶領詢問者到要去的病科。老當益壯，她們以餘年的日子，樂當「義工」，為社會做點事。

我也曾見過，一個窮苦，忙著賺錢養家的清潔工，每天在忙碌中，抽出晚上一點時間，為長期臥病，獨居的老婆婆打理起居餐食，而不望回饋。

溫暖的社會，不能僅靠那些稱我們小市民為「頭家」的官兒打造，更需要人人有「助人為快樂之本」的心。

刊於臺灣月刊

人民保母

一年一度的警察節又來臨，中華民國警察之友會，發起全國工商、企業、婦女、文化等各界，成立了「勞警團」，向全國警察人員致敬慰勞，我們臺北市婦女自強協會也參與盛會，派了十位代表出席。

「警察」，我們素稱為「人民保母」，終年四處奔波，任勞任怨為全民的身家環境安全維護而辛苦，在屬於他們的節日裏，應該略表寸意。被派出席的我，一直等待著那一天到來。

冒雨表情誼

那天清晨，雨就下個不停，雨勢還不小哪！「出門看天色」，溼答答的天候真不想出門。但想到警察先生們一年到頭風裏來雨裏去的為全民服務，怎能打退堂鼓？於是冒著大雨到內政部警政署報到。

在署內開了一個簡單的歡迎會、慰問致敬會後，就分組乘車，分赴臺北地區內警政署直屬機關等單位，展開我們慰勞人民保母之旅，臺北婦女自強協會被安排到「鐵路警察局」。

警察護送，真拉風

提起鐵路警察，我就想起一件難忘的事。

多年前我乘莒光號南下，車過花壇，鄰座一位大腹便便的準媽媽乘客，忽然發生了「狀況」，警動了全車廂的乘客，找來列車長和隨車醫生。小寶寶急著要出世，大家束手無策，經列車長安排後，在一個不該停靠的小站員林停車。車剛停穩，就跳上來一位年輕小夥子的警察先生，帶領了醫院的醫護人員，提著擔架上來。下車後，小夥子率先開路，小跑著，吹著哨子向收票口停的醫療車跑去。看得我們鬆了一口氣，又感動，警察先生護駕開路，真拉風！也值得感謝。

另一次，到花蓮旅遊，遇上火車票烏龍事件；上車後才發現有「座號」無「座位」。車子已經開動，只好找來列車長問清楚。可是他也摸不清楚講不明白，後來經研究，原來主事的一時疏忽，車廂號掛錯了，把「十」及「四」錯置。那天是週休二日的第一天、車上乘客特別多，走道上是一層一層站票的人牆，我們這家老弱婦孺假如穿越，由第四車廂走到第十車廂，是一段艱辛的旅程。列車長靈機一動，在下一站停車時，立刻領我們下車，適時找來警察護駕開路，直奔「十」號車廂。一路上哨聲響處，站上人紛紛投以奇怪的目光讓路。我們一家子人就如「要人」般被簇擁護送到「十」車，那感覺真的很拉風！至今想，要不是那位「人民保母」的警察護送，我們可能會趕脫了車班，耽誤了行程。

鐵漢菩薩心

到南港調車廠去參觀總統專車時，在車上和幾位陪我們的長官閒談，談到工作的甘苦，得知他們不只是被人民感謝的「保母」，有時為了職務，也會被視為不近人情的「惡霸」。

譬如取締攤販，保持市容的整潔觀瞻，罰款、驅散是不得已的。我想起在臺北鬧區街頭常看到攤販業者和警察先生玩「捉迷藏」；「你來我躲，你走我回」，讓取締的警察有「野火燒不盡，春風吹又生」的無奈感。有時走一圈，佯做不見，不開罰單。是嘛，法律不外乎人情，升斗小市民，謀生不易，只要不過份，不會相逼。這是警察先生們鐵漢菩薩心的一面。

天皇車、總統座車投閒置散

鐵路局南港停車場內，停了兩輛特殊的車廂；一是日據時代天皇的座車。平日難得一見，特別安排讓我們去開眼界。

天皇車座已近百歲高齡，車廂全是檜木打造。車廂內座椅睡榻、盥洗間、梳妝臺、休閒室、餐廳一應俱全，建造得古色古香、雕窗鏤楣，宛似車廂皇宮，大家驚嘆之餘，女士們紛紛拍照，留取美麗背景，供作他年說夢痕！

總統座車就平民化多了，全部是現代設備，侍從室，隨從官員的座位都井然有序。只是前總統李登輝先生任內只坐過一次；南迴鐵路通車時，總統日理萬機，行程忙碌，還真的無暇享受舒適的火車之旅！

警民一家親

參觀完華貴的專車，回到局內美味佳餚的午餐已在等我們這些「貴賓」享用。席間大家相談甚歡，賓主還互相高歌助興。我們才發現警界的同仁們，在歌唱方面還真的藏龍臥虎，不只是金曲歌王陳建年呢。我們「貴賓」隊中只有演藝界的名演員劉明小姐堪與比美。那頓午餐是佳餚美味、佳曲妙歌，警民一家親！席間，陪著我們來的領隊警友之聲雜誌主編周鑫泉先生直說：「我們是來慰勞的，反而被慰勞。」

這次的勞警之旅，我們知道鐵路警察局業務的繁雜及龐大，和他們敬業的精神。同時也看到他們親切、週到、風趣，和同仁們相處如家人的親密一面。

在風雨中，在警局同仁們層層雨傘的護送下，我們登車道別，並獻上敬意：「保母們，辛苦了！」

刊於臺灣月刊

心底永遠的雕像

蔣夫人走了！「人生自古誰無死」，她以一百零六歲的高齡，在睡夢中安祥地離開人間回到天家。但乍聞這個消息，震驚、黯然、感傷、感慨，胸憶中五味的感覺，震盪的情緒久久不能平息！

媒體說，蔣夫人的逝世，代表一個時代已經結束。但對我來說，那個時代即使結束了，但那期間的一點一滴，永遠鮮明的雕刻在我的記憶之板上，任歲月的流沙淘滌都磨不掉！

的確，對我這個年齡的人，成長在國家動盪，戰亂、外敵時時進侵，雖然往事如煙消失，春夢了無痕，但那個時代的艱苦、浩劫、巔沛、苦難，卻是刻苦銘心。蔣宋美齡夫人，在那個時代是舉足輕重的護國者。

在我垂髫有記憶之齡，蔣夫人就活生生地在我眼眸前晃動！

那個時代媒體不發達，更沒有電視，但從大人口中、老師口中、報章雜誌的照片、文字的字裏行間我看到她。

對日抗戰爆發了，學校老師頻頻告訴我們，敵人為了要侵占我們的國土，擴拓他們居住的版圖，發動戰爭，侵占我們的土地，殺害我們的同胞。為了保衛國土，人民不能淪為「亡國奴」，我們在蔣委員長領導下，迎戰敵人。老師還說，沒有國，就沒有家，帶領我們高呼：「保衛國家，打倒敵人！」

小小年紀，懵懵懂懂不知「戰爭」為何物，不知戰爭的可怕。我就讀的「開封省立第四小學」的校園開始挖防空洞，開封城的警報頻仍，天空有飛機嗡嗡飛過。孩童不知危險和恐懼，還個個仰頭拍手歡呼觀看昔日少見的空中怪物，大喊：「看！飛機來了。」

直到有一天，老師領我們去參觀「防空展覽」，讓我們看炸彈、高射砲、防毒面具的模型，增加我們對「戰爭」的知識。至今印象深刻的是那具被敵機炸死的「屍體模型」。

那具模型栩栩似真的躺在一張特製的檯子上：頭髮散亂，沾染著血跡，衣褲燒焦撕裂，一條血淋淋的斷腿，染滿鮮血，沒有手指的手掌。最恐怖的是那蒼白如鬼的面孔上那雙大眼睛，直直的盯著天空，彷彿無語問蒼天！我們這些孩童怕極了，緊緊牽著小手，不敢逼視，偷偷瞄一眼扭頭過去。

當天晚上，我失眠了；黑暗中總看到那具屍體模型，怕得躲到祖母的被窩裏。

從那次，我知道「戰爭」的可怕！

從那次，我也知道蔣夫人的勇敢和偉大！我開始關心夫人的行蹤。

報章報導，蔣夫人為前線將士縫衣服，我看到報上刊登夫人全神貫注地在縫紉機上工作的照片。

蔣夫人到前線野戰醫院，為傷兵塗藥包紮，我看到報紙上的照片，夫人如慈母般，挽起衣袖為病患、傷患裹傷。

但我對夫人最欽佩心儀的，是那年西安事變，夫人營救蔣委員長脫難歸來。站在機艙口的扶梯上，擁著委員長，展露燦爛笑容，向大家揮手的風采！

我在烽火歲月中長大，夫人彷彿長隨我左右。

開羅三巨頭會議，那商討世紀大戰方向的會議裏，美國羅斯福、英國邱吉爾、中國蔣介石三位領袖中，唯一的女性參與者，是中國女性——蔣宋美齡女士！夫人至今不知道，當年有一群小女生以她為傲！美國國會裏擲地有聲的演講，為中華民國贏得重視、尊敬、援助。凡此種種，在在說明夫人為拯救苦難中的祖國，奔波國內外所做的努力。

的確，夫人協助委員長並肩為抗敵努力，贏得全國上下的愛戴，全國人民有信心衝出困境，走向希望！

那時，有一句在全國流行的話：「有錢出錢，有力出力。」全民為抗戰而奮鬥！

當年受戰亂煎熬的小老百姓，沒有錢，卻有滿腔的熱血，和堅強的意志與信心。敵人封鎖了我們賴以和外國交通的海岸線，阻斷了友邦的援助和運輸線。我們不屈服，開闢新的生路——修築「滇緬鐵路」，由昆明通向緬甸。

那年，父親奉命率領了一群工程師及大家的眷屬，組成浩浩蕩蕩的卡車隊，由廣西桂林，穿越西南丘陵地帶的險山惡水，經過法屬安南（今之越南），千里跋涉到雲南昆明，一路走了一個半月，為的是打通西南的生命線——滇緬鐵路。安頓後，工作人員深入滇西的森林池沼之地的蠻荒地區工作。眷屬安排住在大理、昆明之間的一座小山城——祥雲，過著點菜油燈、吃喝井水的克難生活。

戰爭末期，美國陳納德將軍率領的十四航空隊（即中外馳名的飛虎隊），來華協助作戰，父親又奉命修「巫家壩」飛機場，場址在昆明、呈貢之間的一塊平壩上。當年是座簡陋的軍事機場，現在已是現代化的昆明機場。

這些都得自盟國經濟和物資上的援助，使得中華民國發揮了牽制敵軍的作用，而贏得第二次世界大戰的勝利，結束了日本侵華的野心。

夫人雖然是我從兒時就心儀的偶像，但到臺灣後，才親眼目睹到她的風範。那時我已為人妻人母。

第一次看到夫人，是在嘉義的北門登山火車站。十月底夫人陪同先總統蔣公到阿里山上避壽。當時外子任職阿里山林場，主管那條登山鐵路。為了貴賓的安全計畫，外子早在一個星期前就登上山，視察全線的安全。總統及夫人蒞臨的那一刻，我抱著一歲的大兒子擠在人群裏，等候能看到心儀多年的偶像的廬山真面貌。

夫人和總統在通向車站的路口下了座車步行進車站，總統著中裝、戴禮帽。夫人著長旗袍，長身玉立，雍容中透著慈祥；他們緩步前行，夫人揮舞著手帕，向路旁圍觀的民眾打招呼，臉上掛著笑容，讓人感到親切，大家報以熱烈的掌聲！

再一次，是在婦聯會的縫衣室。

夫人創辦婦聯會，為戍守前方將士們縫征衣是工作項目之一，號召公家機關的女職員，輪流做志工。身為公務員的我，被安排在每星期二上午去縫衣。

第一次進縫衣室，嚇一跳！一排一排的縫紉機，彷彿是小型的製衣工廠。我們的工作很簡單，車縫已剪裁好了的綠色士兵們穿的內衣內褲。在工作時，機聲軋軋，煞是壯觀。夫人偶爾也來客串「義工」。

夫人稍晚進來，我們起立以掌聲歡迎，再繼續工作，她總是穿梭在縫紉機間，親切慰問，然後坐下來縫衣。在牧師來證一段道後才離去（夫人是虔誠的基督徒）。

在我的記憶裏，夫人一貫的一派穩重，從容、雍容、慈藹的風度，使她身上散發著讓人信賴、倚靠的光圈。在我心目中，夫人是真正為國為民愛國的政治家，「不要問國家為你做什了什麼，要問你為國家做了什麼！」她對中華民國的貢獻，歷史會肯定。

刊於民國九十二年十一月十五

中央副刊

第一家庭度假

繼蔣方良女士去世，日前蔣徐乃錦女士也離開人間。兩位蔣家重要的支柱都走入歷史，使我油然生出去思，和滿懷的悵然！

其實，我不過一介平民，對貴為總統的家庭所知有限。可是，由於特殊的機會，略知他們生活中一些點滴。使我對這個第一家庭，內心一直隱藏著好感！

民國卅七年中秋節間，我和外子渡海來臺，外子在林務局任職，後來派往嘉義阿里山林場服務（今之玉山林區管理處），綜管阿里山登山鐵路的修築維護工作。

民國卅八年、卅九年，到四十年間，臺灣光復之初，飽受戰火浩劫，百廢待舉、國事如麻。先總統蔣公日理萬機，在風雨飄搖的國際局勢中，為國家把舵，鮮少輕鬆。只有在每年十月卅一日壽誕日，假避壽之名，帶領家人離開臺北去度假。

蔣公度假地點多選遠離市囂的山明水秀的地方，如日月潭。老總統也曾三上阿里山避壽。記憶最深刻的，是老總統和夫人第一次蒞臨嘉義，轟動了全嘉義。嘉義北門火車站的兩旁擠滿了人（登山火車專車在北門站開出），盛況堪用「夾道歡迎」形容。我那時懷抱七個月大的大兒子，也擠在人群中。

北門車站附近道路狹窄，座車不易通過，老總統和夫人下車步行前進，當二位出現的那一剎那，翹首鵠候多時的市民都看呆了。直到緩緩走過人群前面的夫人，揮動著手帕，微笑向路旁看熱鬧的人致意時，大家才如夢初醒，報以熱烈歡迎的掌聲！

還記得那天老總統著便服長袍、戴禮帽，一派優閒，嚴肅中透著慈祥。夫人著長及腳踝的素色旗袍、黑色高跟鞋，玉立挺拔、雍容典雅的氣質中有著親切；一路上頻頻揮動手帕向大家表心意。

外子由於職責，早已率領幾位工程員坐在小車子上，準備在登山火車專車前方引導，並注意沿途安全，讓專車順利到達山上。然後住在總統行館附近的招待所，待命引導下山。

外子由於住在行館附近，日夕能看到第一家庭生活和活動的片斷。第一家庭總有著神秘的面紗，好奇心使我想一窺神秘背後的故事。也因此，外子任務完成，我們夫妻倆閒聊的話題，總繞著第一家庭轉。

事實上，老總統避壽，也是第一家庭度假，遠離外界打擾，以享天倫之樂。除了家族成員，隨從不多，也不講究排場，可以說是輕車簡從。外子稱許這個第一家庭，既平凡又偉大。平凡的是他們日常生活一如平常百姓家，偉大的是他們可以享受考究和特權，卻不想鋪張。

老總統和夫人生活極簡單規律，吃食也不講究。那時登山火車雙日上山，單日下山，運輸不便，山上物資缺乏。第一家庭沒有鮮魚及肉類佐食，對山蔬野味甘之如飴。外子說老總統常吃的一道菜，是馬鈴薯煮熟搗爛，灑少許鹽。這道菜被我學來，至今是我家餐桌上不缺席的小菜，只是我是北方人，拌了些許蔥花末兒，很是下飯。

「仁者樂山，智者樂水。」住在山上的日子，總統伉儷最大的興趣是「散步」。阿里山的「高山常青，綠水常藍」，放眼四處，處處有好山好水。老總統和夫人，一大早就出來散步欣賞山景。有時遇到一處中意的景色，留連不去，有時讓人搬來軟椅，坐在大自然中看山嵐樹海。

經國先生又是另一種度假方式，他喜歡親近人群，一大早坐在一處石階上，浴著山間的晨陽，笑嘻嘻地向附近玩耍的兒童打招呼。原本對他「敬而遠之」的山居鄉民和兒童，被他那開朗隨和的態度，消除了恐懼，漸漸圍上來，和他交談。經國先生鄉音濃重的國語，大家聽了「莫宰羊」，臺語經國先生也聽不懂，但有那會雙語的人，自動熱心的來翻譯，也嘻哈打成一片，相聚甚歡。這是經國先生一向喜歡上山下海，到鄉間走透透，探訪民瘼的本性吧！

那時方良女士還年輕，雖是西方女性，但舉止言談，卻是東方傳統女性的端莊賢良。對老總統及夫人執禮甚恭。蔣家三兄弟還是童年，活潑俊秀，時時繞在老總統和夫人膝前。由老總統及夫人眼神和一些小動作，看得出對三個孫兒疼愛有加。

外子說，當他們一家人相聚在一起，是一幅民間天倫樂的畫面。外子還說，他覺得很奇怪，老總統夫人受的是西方教育，經國夫人又是西方女性，貴為第一家庭的女主人；但他在這個家庭日常生活裏，卻看到父慈子孝、夫妻相惜相敬、自奉很儉的，中國傳統家庭的古風。

這些陳年往事，彈指間已是半個世紀前了。半個世紀，我由穿木屐的少婦，成為穿名牌皮鞋的老嫗。懷中幼兒，現在是美國的工程師博士。昔年阿里山簡陋破舊，蹎頗牛步般的登山火車，現在是平穩舒適、漂亮紅色的登山火車。當年嘉義是狹街窄巷矮屋的小縣城。而今是大馬路，華廈處處的大都市了。

對我這個年紀的人，回首前塵往事，常懷感恩之心——臺灣是跟隨著兩位蔣總統，一步一腳印，由華路藍簍走向現代高品質、繁華的生活。

一個國家的領導人，就如一艘船上的掌舵人。他是把持方向盤的舵手，這艘船是駛向險灘駭浪？是划向風平浪靜、日麗風和世界？全在無私悲憫，為國家人民安危的一念間決定。也許，在行駛中，為了躲避礁石，顧全大局的安危，做過遺憾的決策。但不能否認，兩位蔣總統，帶領臺灣走出二次世界大戰的窮困，在風雨飄搖的世局中，被迫退出聯合國，和美國斷交；但依然挺直腰板，勵精圖治，發展臺灣經濟，讓臺灣成為亞洲四小龍之一。國人得以享受現代化、富裕的生活。

中國善良的老百姓，講究的是「飲水思源」的良心，臺灣有句俗話「吃果子拜樹頭」。同樣道理，國人應該善待這個至今依然平民化的第一家庭。

刊於民國九十四年九月二十二日
中央副刊

第二輯　記憶深處

每個人記憶裏，都有值得回味、憶念的往事。這些往事，有悲歡、有離合，都是一個故事的記憶。靜下來讀一讀，思索著當年，這些故事的點點滴滴，有沉思，也有啟示。

人生有歌

我愛聽老歌，近年臺北老歌風行，遇有老歌演唱會，我常是座上顧曲周郎。

老歌崛起於三十年代，它的旋律優美，歌詞典雅通俗，在抒情的韻味中唱出人心裏的愛恨情癡。曲終人散後在歸途，那美妙的歌聲依然繚繞在耳畔。

有一次散會走在國父紀念館的廣場上，那夜皓月孤懸天邊，人潮漸散的偌大廣場，竟顯得無比的淒涼，心生悵然寂寞，脫口唱出「月兒彎彎照九州，幾家歡樂幾家愁……」這原是一首抗戰歌曲。對老歌，我多止於欣賞，但對抗戰歌，很多曲子我都能琅琅上口。那夜，我索性坐在臺階上，哼唱一些抗戰歌曲，渾然忘卻今夕是何夕，往事都擁向眼前。

歌詠是時代的心聲，我成長在戰亂中，從小學，老師就教我們唱〈抗敵歌〉、〈游擊隊歌〉、〈青年航空員〉這類歌曲。因為戰爭在中國土地進行，敵人以壓倒的優勢掠占我們的國土，屠殺我們的同胞，震醒了素有睡獅之名的中國人；全國百姓同心抗敵，為鼓舞前方將士、後方民心，當時的音樂家、作曲家創作出一首首歌詠戰爭、愛國悲壯歌曲，成了後世傳唱的經典，後人謂之「抗戰歌曲」。

抗戰歌曲風格不同於老歌，旋律激昂雄壯，歌詞鏗鏘振人心，在雄壯的曲調中唱出戰亂中的悲歡離合。

而我，對抗戰歌曲情有獨鍾，不僅會唱它，而且和它歌緣久遠深厚；它在我童年心中撒下愛國的種子，豐沛了我的青春歲月，伴我走過戰爭的險灘。

抗戰結束，這些歌曲也漸邈遠。但，好歌不會被湮沒，它像蒲公英的花朵，隨著風兒飄過臺灣海峽，種子落地萌壯，如火如荼的開放！

那風兒是幾位女子，幾位女子都是那個時代的過來人，無意中成立了合唱團，以抗戰歌曲為主，藝術歌曲為輔，自娛也娛人。那年七七抗戰日在臺北的新公園露天音樂廳，首次大膽登臺表演，清一色的藍旗袍，清一色的中年女子，卻贏得滿坑滿谷的聽歌者，音樂廳周圍樹上都騎坐著人。

從此，我們展開演唱之途：菲律賓宣慰僑胞，臺上臺下同歡唱，我看到羈旅異鄉的同胞心繫祖國；大陸開放時，我們第一個以歌聲和當地同胞交流，北京音樂廳爆滿，連當年的作曲家，已是白髮蒼蒼行動不便，卻坐了輪椅到後臺看我們；到蘭州演唱，《黃河大合唱》是第一個曲子，而黃河就流過蘭州城，尋幽探勝時，我們曾臨壯觀的黃河高歌：「風在吼，馬在嘯，黃河在咆哮！……」

人生有歌真好，不過是幾首歌兒，卻豐富了我的生活，讓我的生命未留白。

刊於民國九十三年六月三日
美國世界日報

文友合唱團於菲律賓演唱。

歌聲曾經嘹亮

那日上午，路過國父紀念館。

燦爛的陽光，撒遍館內遼闊的廣場。那份亮麗誘引我邁進這喧囂市區中，鬧中有靜的地方。

許是來此做晨間運動的人們剛散會，廣場上更顯空蕩幽靜。我走到峨巍、有如古宮殿雄偉的紀念館前臺階坐下，且享受浮生半刻的寧靜。

上午的陽光溫柔如春陽，拂過臉頰的風似春風般清涼，鳥聲在寂靜中啾鳴。這般彷彿春天的光景，使我陶醉，不自主哼起「春風吻上我的臉」的歌曲：「春風它吻上了我的臉，告訴我現在是春天……。」

哼著、哼著，突然想起多年前，我們幾個歌友，也曾坐在這個臺階上唱歌，那次是午夜。

有一年，我們合唱團在館內登臺公演。表演結束後，曲終人散，幾個歌友走出大廳，步下臺階，廣場上月華鋪地。仰望夜空，一輪皓月高掛天幕，照亮黑夜的大地。七月酷暑的午夜涼風陣陣，我們不約而同駐腳，在臺階上坐下來賞月納涼。午夜的廣場上，人影寂寂，只有我們幾個賞月人。一時興起，對月低唱。我們唱「月兒彎彎照九州」、「淡淡江南月」、「故鄉月」……，都是我們那晚唱的曲目，是當年風行一時的「抗戰歌曲」。算算，對月唱歌已是十多年前的往事了，而今，「抗戰歌曲」已被淡忘，但那有著時代風格的旋律和歌詞，在我的記憶裏依舊嘹喨！而且藉由這些歌曲，我由沉默筆耕的斗室走出，走入多采多姿的歌唱活動，加入「文友合唱團」。

「文友合唱團」的成員多為筆耕的文友、畫家、教師。由文壇資深名家邱七七創辦。邱年輕時曾任「崗山空軍小學」校長，有領導才幹，喜歡朋友、酷愛唱歌。人脈廣人緣好的她，敦請音樂界作曲名家李中和教授，任合唱團指導，其夫人歌唱家蕭滬音女士教唱指揮，彈得一手好琴的女公子海雲小姐司琴。商租羅斯福路的「中國文藝協會」場地做練唱教室，文壇大老王藍先生還贈了一臺鋼琴。每星期四下午練唱兩小時。我們唱抗戰歌曲、中國藝術歌曲，和富鄉土味的民謠小調。

歌曲具有發洩情緒，怡情怡性的陶冶教化作用；煩惱時唱首歌，心情會舒展不少，快樂時唱首歌，心情更愉快。當初加入合唱團，只為在平淡的生活中增加些許樂趣。但當我深入音樂的殿堂，卻領會到中國的音樂和中國的文學，及中國藝術一樣，蘊含著中華民族深厚的文化和優美動人的文詞。音韻旋律之美千變萬化，表現出人們情緒的喜怒哀樂。

歌曲有時代性，表現當時的心聲。當我唱「抗戰歌曲」時，那些悲傷的、憤慨的、激昂的、勇敢的，乃至溫柔的詞曲，都表現出一個善良的民族，面臨被侵犯屠殺，生死存亡浩劫關頭的心聲，和奮起抵抗的勇氣。「流亡之歌」以「泣別了白山黑水，走遍了黃河長江，流浪，逃亡……」的歌詞，和哀怨的曲調，訴說被侵略無家可歸的徬徨；「我們都是神槍手，每一顆子彈消滅一個敵人。我們都是飛行軍，哪怕那山高水又深……」是「游擊隊」歌，激昂的旋律表現出抗敵健兒的勇氣！有人說中華民國八年抗戰勝利，「抗戰歌曲」之功不可抹滅。的確，如果把抗戰歌詞編寫成集，是一本可歌可泣的中華民族史詩。

在藝術歌曲裏，我為中華文明文學般典麗的存在著迷：「看明湖一碧，六橋鎖煙水，疊嶂如屏，與清波相映翠……」這是「西湖」的歌詞，如詩如畫，彷彿置身西湖畔，眼眸前是山光水色。還有「春思」、「客至」、「陽關三疊」諸多藝術歌，都是中國的絕妙好詩譜曲而成。在練唱時，我們用感情詮釋這些歌，欣賞古詩詞，暫且拋卻俗世的煩愁，享受心靈的盛宴。

漸漸，藝文圈都知曉有個女作家組成的「文友合唱團」。有一次，文訊雜誌舉辦活動，邀請我們參加他們的餘興節目唱抗戰歌曲，很有好評。小小的知名度鼓勵了我們，獨樂不如眾樂，我們接受邀請，走出練唱教室，登上表演舞臺。

第一次公演在新公園（二二八公園）的露天舞臺，主題是抗戰紀念日，婦女寫作協會主辦、市政府協辦，唱我們拿手的抗戰歌曲。沒有海報、沒有宣傳，在七月酷暑蟬鳴下午三時到五時，願者上鉤，釣那些公園往來的遊客。這老掉牙的抗戰歌會有知音嗎？會不會只有兩三隻小貓的聽眾？團友們一直擔心。

萬萬沒料到，唱到中場，偷偷瞄一眼臺下，哎呀！黑壓壓的一片，座無虛席，音樂臺周圍的老樹上都跨坐著聽眾。興奮得心怦怦跳，不知是感謝聽眾，還是被自己的歌聲感動，竟然鼻酸眼眶紅。演唱會在「安可」聲結束。也開始了此後七年之久的每年七月七日在新公園演唱之緣。從此踏上歌唱的多采多姿之路，國家音樂廳、社教館、校園登臺演唱。應電臺、電視臺節目錄音錄影。也遠到國外演唱，結交異地朋友，覽遊他鄉風光。

在菲律賓宣慰僑胞的演唱會上，驚訝有些老僑胞也會唱抗戰歌曲。由那熱情洋溢的歡迎之情，看出僑胞們對祖國的眷戀！

大陸開放之初，我們曾為文化交流到北京演唱。雖然音訊中斷四十多年，但血濃於水，兩岸仍是一家親；對方歌友以歡迎故人歸來的驚喜迎接我們。我們以歸鄉人激動的心情和他們互訴別後情。對方歌友中有位我的舊識，見面已不相識。當年我讀初中，他曾在我們學校兼課。那時他在西南聯大讀書，記憶裏他是個帥氣的小夥子，重相見他已髮蒼腰桿不再挺直，我也兩鬢添霜。相對論今憶昔日，世事多變。唯一沒變的是我們都還會唱「抗戰歌曲」，當年這些歌在校園裏如火如荼的流行。餐聚之餘，大家合唱當年的「畢業歌」，聽聽那歌詞：「同學們！大家走來！擔負起天下的興亡！聽吧，滿耳是大眾的嗟傷！看吧，一年年國土的淪喪！……」豪氣干雲。沒想到再共唱此歌，卻感慨話滄桑！

也曾到西北高原的蘭州演唱。在經過蘭州城區的那段黃河流域的都市裏，我們登臺唱「保衛黃河」之歌：「風在吼！馬在叫！黃河在咆哮，黃河在咆哮！……」黃河洶湧的河水在歌聲裏翻騰！但我們去遊覽黃河時，卻是另一種面貌；站在岸上遠眺，極目遼闊的河面，風平浪靜，悠悠流淌，在太平年月，它已被整治成為灌溉的活水。我們乘坐河上古老的交通工具牛皮筏子，已變成觀光客坐著遊河的賣點！戰爭，已是春夢了無痕。

而今，戰爭已被淡忘，抗戰歌曲鮮少人傳唱了。但我們合唱團曾使這些歌嘹亮過，有一次就在國父紀念館的舞臺上。至今，我期盼這些歌不要被遺忘，畢竟這些歌記錄了一個偉大時代民族的心聲。

刊於民國九十七年七月七日
中華副刊

社教館演唱抗戰歌曲。右起第一人鍾麗珠，第六人鮑曉暉（作者），指揮蕭滬音。

往事如煙

世事多變，日夜如梭，塵世間許多紛紛擾擾，在流水般逝去的歲月，多是船過水無痕，被後人淡忘。

今年，是二次世界大戰結束六十週年。六十週年，一甲子。如果沒有人提起這場日本侵略中國，中國人遭遇從未有的抗敵浩劫，而引發的二次世界大戰，有幾人還去回想，及記憶？

是的，一甲子前，多麼邈遠？戰鼓聲已寂，煙硝已散，戰場上執槍著已成白骨。昔日的青少年，已垂垂老矣，當年的壯年，恐怕已是碩果古稀之年。如果回憶那段「烽火歲月」，只有「白頭宮女」話當年了。

跑警報

我成長在戰爭動亂時代，那段歲月中，一些事，現在想起，彷彿是天方夜譚。但卻是我童年往事、少年回憶中的真實經歷。只要我打開記憶之閘，一些往事便如小精靈般跳到眼前。

記憶最深刻的是「跑警報」。

敵人在我國土地上，發動戰爭之始，更揚言要「三月亡華」，不僅在戰場上節節相逼，更頻頻轟炸我後方。因此中國老百姓為了逃避轟炸，「跑警報」成了家常便飯。

現在想起，以「跑」來形容躲避敵人的轟炸，傳神極了。當淒厲的警報聲，在不能測知的時間裏響起，不旋踵敵機已嗡嗡臨空，機關槍噠噠響起，倉皇驚恐的人群如喪家之犬，四處逃奔，找尋自己認為安全的地方躲藏；防空洞、樹林中、禾苗茂密的稻田裏。有一次母親帶我們藏躲在稻禾中，仰望天空，看到低空掠過的敵機，用機槍掃射來不及躲避的同胞。如果深夜警報響起，全城一片漆黑，只聽嗡嗡的飛機聲、高射砲聲，看見被炸的地方熊熊火光。

那時每晚臨睡前，母親總是把我們兄妹的衣服放在枕畔，她的床頭永遠放著一隻小皮箱，是跑警報時攜帶的唯一家當；裏面放的不是細軟，是我們兄妹幾個人的生辰八字，和一些愛國公債，另外是老家的地址；母親憂慮戰爭不知何時結束，怕我們將來找不到歸鄉的路。

木炭公車

「一去二三里，拋錨四五回，發動六七次，八九十人推」，這是一首改自古詩詞的順口溜，借以諷刺當時的「公共木炭車」。

抗戰後期，有一段日子中國獨撐戰局，已到兵疲財盡境地，當時領導人蔣委員長，先總統蔣公喊出「一滴汽油一滴血，十萬青年十萬軍」的號召，立刻得到全國熱烈響應。汽油專供前線，後方的汽車、火車都用替代品；火車燒煤行駛，汽車用木炭做燃煤上路。木炭火力弱，遇到爬坡的地方，就拋錨。這時車上的乘客，除了老弱者，大家都下車幫司機推車子，讓車子發動爬上坡，加以路面崎嶇不平，車速慢又顛，堪稱「老牛破車」。

有一段日子，為躲敵機頻頻轟炸昆明，家搬到呈貢鄉下，我在昆明讀初中。有一學期沒有申請到宿舍，借住父親同事家，住處離學校有一個鐘點的腳程，每天步行上學；回到住處，同學開玩笑說我是「11路」的通學生——用兩腳安步當車。只有週末假日回家、回學校才搭木炭車。運氣好時，清晨上車，中午可到家，遇到車子拋錨，到家已是午後一點、兩點鐘。回學校有時搭火車，不必下車幫忙推車。但車子搖搖晃晃、慢吞吞到昆明已是萬家燈火，離家時晚飯後，夕陽正紅呢。

以廟為校

戰亂的時候，為避戰火，家常東搬西遷。為了讀書，我跟著學校跑，過著處處無家、以校為家的生活，初三時，家在祥雲，我在彌渡讀彌渡中學，是敘昆鐵路局成立的扶輪中學，專供鐵路員工子弟就讀。學雜費、住宿伙食費全免，但沒有校舍，就借住彌渡鄉下頗具規模的寺廟為校址，以廟為校。至今我仍納悶廟裏沒出家人，我們在走廊上上課，大院子是操場，廂房是宿舍，但不夠住，我們高年級的男女同學，就被分配到大雄寶殿的前後殿住宿。起初，午夜夢迴，一睜眼看到黑暗處慈眉善目、雙手合十的觀世音和怒目金剛高大的塑像，嚇得睡不著，蒙著頭在被裏想家。日子久了，大家膽子也大了，不再害怕。不久，城內克難簡單的校舍蓋好，我們才搬回城裏。

在那段廟裏的日子，是我做學生時最快樂的日子；夏日晚飯後，夕陽仍燦爛，全校師生迎著夕陽在田野間散步閒談。稻香撲鼻，草叢中的蚱蜢在腳前跳躍。我們師生享受大自然的舒暢，直到夜色蒼茫，才回到廟裏做晚自習。沒有電燈，都點油燈，走廊的書桌上，一盞盞的菜油燈，以微弱的光，照著我們的課本。最奇特地，當時只有毛筆，我們的數學和英文作業都用毛筆書寫，現在思及，真是不可思議！

狂歡之日

抗戰勝利那一年，我是昆明市立女中高二的學生，八月是放暑假的時候，十四日那天近中午，外面傳來炮竹聲，以為又是前線傳來大捷的喜訊，誰知炮聲不停，越響越密。我和姐姐跑出家門看看，只見大街小巷擠滿人群，人聲沸騰。有人高呼：「勝利了！日本投降了！」據說盟軍在日本廣島投下原子彈，迫使日本軍停戰投降，結束了長達八年的慘烈戰爭，這突如其來的喜訊，讓大家欣喜若狂！

那天，以「瘋人城」來形容昆明，一點也不為過，滿街的人識與不識，都互相握手擁抱，歡呼聲、尖叫聲，更有人哭泣。駐紮昆明的盟軍，開著吉普車在人群中緩慢前進，大家都豎起大拇指，互喊：「頂好！」還把軍帽拋向空中，他們也可以回家了，沒有戰爭真好！

路上遇見同寢室的同學，她家在淪陷區，很久見不到家人，她抱著我又笑又哭，說：「我可以回家了！」

那一晚，回到家裏，我們一家人圍著家中唯一一臺老舊收音機，一遍一遍的聽著各地慶祝勝利的消息。當節目結束時，播出「滿江紅」的歌曲：「怒髮衝冠……待從頭收拾山河」我看到父親摘下眼鏡拭淚。

勝利後，全世界國家成立了聯合國組織，互相約束控制戰爭，維持世界和平，遠離戰亂。中國人八年抗戰的悲壯浴血戰，換來和平歲月。在抗戰勝利六十週年的今日，我要向埋骨沙場的將士，送上最真摯的敬意！

刊於民國九十四年十二月二十二日

青年副刊

我與沈從文的師生緣

沈從文在臺灣文壇上，是最常被提及的三十年代作家，他在一九二四年就開始寫作。他沒有顯赫的學歷，全憑自修而擁有學識智慧。由於他出生前後（一九〇二－一九八八）正面臨中國社會動亂和改朝換代的政治紊亂，親眼目睹小老百姓在亂世以血和淚交織的痛苦過日子，激起他創作的豪情。作品大多以下層鄉野人物和時代為主題。又因為當過兵，早期作品內容多以軍隊生活，和家鄉湖南，湘西鄉下窮困人民遭遇為題材。作品中有很多湘西方言，和風俗人情的書寫，極具鄉土風格，呈現出中國風貌和古拙樸實特色，得到國際文壇注意，曾被瑞典諾貝爾獎委員會提名，是中國最早被提名的作家。

由於「文字緣」，他得識了當時的作家徐志摩、郁達夫。後經徐志摩推介，當時的北京大學校長胡適，敦請他為北京大學教授。

一九三七年，抗戰軍興，北方三個著名大學：北京大學、清華大學、南開大學南遷雲南，在昆明成立「西南聯合大學」，沈從文也攜眷入滇。當時西南聯大名教授濟濟，如朱自清、聞一多、潘光旦、梁實秋都是一時之選，我就在這個時候，與沈從文教授有一段「師生緣」。

一九四一年，戰爭已進入第六個年頭，敵方為早日滅華，頻頻轟炸我大後方。昆明為當時的西南重鎮，警報聲一日數起。為了安全，昆明市內很多學校和機關員工眷屬都疏散到郊區鄉間。那時家父主修昆明巫家壩飛機場，工程處的員工眷屬均搬遷到桃源鎮上。恰巧我就讀的建國中學也疏散搬來桃源鎮。

桃源鎮位於昆明、呈貢之間的一個小鎮市，以盛產桃子聞名。周圍有綿亙數里的桃林，春暖花開時，花香襲人，是個風景優美的地方。在中國半壁河山都是烽火連天的戰時，是名副其實未被戰火波及的「世外桃源」。

小鎮平素人煙稀少，僅有當地農舍，我就讀的學校，位於半山坡上，視野遼闊，環境幽靜。可喜的，我們校長是西南聯大文學院畢業的，雖然不是名校，卻不乏名師；教我們英文的是東方語專的張教授，雖然都是兼課，但教學認真。

那一學期開學了，拿到的課程表中，星期六上午最後兩堂自習課改為「新文藝理論」。校長宣布：「新文藝理論課特別情商西南聯大的沈從文教授來兼任，同學們盡量不要缺席請假。」

作家，一直是文藝青年學子仰慕的偶像，我們都想一睹這位作家的丰采。第二天上課時，不但班上沒有同學缺課，別班也風聞而來，教室的窗臺都坐著學生。上課鈴響後，校長帶著這位作家教授進來——俊秀的臉上，一副黑框眼鏡、一襲深灰長衫，風度儒雅。我卻一愣：「那不是我家鄰居教授嗎？」

老實說，沈師的口才不如文才，他講話沒有什麼系統，鄉音很重，輕聲細語，課程內容很豐富，卻不容易聽懂。而我們只喜歡文藝小說，不喜歡文藝理論，課堂上由座無虛席的情況，漸漸變成時時有人翹課的冷清。

沈師的夫人張兆和女士也在我們初中部教英文。長得很漂亮，皮膚微黑而細嫩，一雙丹鳳目，笑起來貝齒微露。漆黑的長髮梳成辮子，盤在頭上，更加俏麗。經常一件陰丹士林藍旗袍，樸素沒有半點浮華脂粉味。校園盛傳她在大學裏外號叫「黑鳳」，是沈師的學生，是沈師以一百封情書追到的美眷。

我們一群小女生，正是對愛情懷著浪漫情懷的年紀，對她十分好奇，常三三兩兩伺機到初中部看她上課，找機會和她說話。多年後在臺灣電視上看訪問她的鏡頭已是皺紋滿臉、白髮蒼蒼的老婦，昔日的俏麗模樣已不見。歲月，真是無情啊！

沈師的家與我家緊鄰。沈師的課雖不叫座，家中卻常是高朋滿座。到我們學校兼課的，除了西南聯大的教授，還有雲南大學的、東方語專的。這些遠道的老師上午有課的，都是前一天晚上到學校住在老師宿舍裏。小鎮窮鄉僻壤，無處可去，課餘或晚飯後都到沈師府上「擺龍門陣」。相聚皆文人，往來無白丁；萬籟俱寂，夜深沉的午夜，他家的燈光依然亮著，傳出笑語聲。

我們班上同學，也曾分批被沈師邀為座上客。沈家給我的印象非常幽靜；一方小院種著花草，還有一顆桃樹。兩間小屋內展現著主婦慧心巧手的藝術。戰亂期間，浪跡異鄉，搬遷次數多，家中用品簡單，加上物資缺乏，家具多以竹製品，如竹床、竹椅、竹桌派用場。但沈師母卻別出心裁，廢物利用，化腐朽為神奇。如茶几是以四個廢棄的肥皂箱拼成，上面鋪以女主人以漂白布，繡了花卉做的桌巾。几上再擺上一隻酒瓶代替的花瓶，插了三五枝花兒，陋室立刻生春、生輝不少。還有窗帘、椅墊，都是巧奪天工的手工藝品。

最讓我驚奇的是沈師藏書之多。肥皂箱在沈府上發揮了最大功能；沈師的書櫥也是肥皂箱製品，一箱箱的空肥皂箱，靠著牆疊得高高地，成了半壁大書櫥。裏面排滿了書，這些書都以白報紙包起來做封面，用毛筆寫上書名和作者的名字，看得出沈師對這些書愛惜的深情。

沈師對我最大的影響，是更喜歡文學。在他的書櫥裏，我第一次看到托爾斯泰、屠格涅夫、史坦貝克及左拉的作品。而他們的作品，在高中與大學時代一直是我的課外讀物。我常想，這些書是當年埋下我日後走上文學寫作之途的種子吧？

大陸開放後，三十年代作家的禁書解禁，在衡陽路的金石堂看到沈師幾本「古老」的著作擺在醒目的地方。乍見如見故人，前塵往事湧向心頭，我癡癡的瀏覽著，翻書的手有些顫抖，滿心悵然。可歎沈師當年不見容於新朝，被迫擱下創作的筆，在歷史博物館的古物裏消磨餘生。如果不是受政治干擾，他的作品當不止於幾本「古老」的舊作吧？因為自由的環境、平靜的生活，才是孕育作品的最好溫床！

刊於民國九十五年十一月二十二日
中華副刊

衣緣

今年臺灣的天氣反常。淡淡三月天的春寒冷得使人發抖，這幾天藍天晴朗，大太陽帶來了夏天，要穿短袖的薄衫了。

曬冬衣、收冬裝是我每年初夏必做的事。在眾多繽紛的冬衣中，最醒目的是那件有毛領的外套，是今年春節買的，它讓我想起留在瀋陽的那件皮大衣。

這兩年臺灣的女裝，冬天流行穿皮毛領的外套、毛皮背心，甚而有人穿皮草大衣。其實，臺灣地處亞熱帶，冬天天氣不太冷，只有寒流過境，才帶來寒冷的氣候。還沒有冷到要穿皮毛衣著的程度；我曾在電視上看到女藝人，露著玉肩，卻披了件皮毛披肩。這種時髦的衣著是流行，增加漂亮，禦寒性少。

但在大陸寒帶的東北，我的家鄉瀋陽，冬季長達半年。最冷的時候，氣溫常在零下二、三十度，滴水成冰，幾場瑞雪，大地全被皚皚白雪覆蓋，出門冷得嘴裏冒熱氣。冬天衣著除了棉衣，皮衣成了最保暖的衣服。

東北有句俏皮話：「反穿皮襖毛朝外——裝羊」，東北的皮衣種類很多，從最平民的老羊皮袍、皮襖、皮坎肩，到講究的狐狸腿的皮袍，再到奇珍異獸的水獺、猞猁，那是深山中的稀有珍獸。也因此，皮衣是分等級的，它代表主人的財富、身分、權勢、地位。在東北，穿皮衣還有一個忌諱：未滿二十歲不能穿皮貨，怕折了「福分」，因為年輕人血氣方剛，能抗寒，其實是告誡年輕人不可奢華。

在我記憶中最深刻的皮衣，是父親那件頗為名貴的皮大衣：黑嗶嘰呢面，鐵灰色猞猁皮毛裏兒，咖啡色水獺領子。父親穿上它，再戴上黑色皮帽，氣宇軒昂，很有派頭。可惜戰亂時，我家遷徙到南方，卜居在雲南昆明。昆明氣候一年四季無寒暑，皮衣派不上用場，常年閒置在一隻樟腦箱子裏。每年初夏，母親把它拿出來，選個晴朗的好天氣曬曬、吹吹風。母親晾曬這件大衣時，總愛念著：「曬曬，吹吹風，才不會被蟲蛀，可是不知哪年回老家，穿得著。」戰亂阻斷歸鄉路，母親總在曬這件皮大衣時，興起濃濃的鄉愁。後來這件大衣，被父親送給一位到英國留學的學生。誰知第二年戰爭就結束了，只能說父親與這件皮大衣沒有「衣緣」。

在人生的旅程上，人與人相遇相知是「緣分」，人和物相擁又何嘗不是緣分？我和我那件皮大衣，也只有一個冬季短暫的緣分。

戰爭結束後，我和家人重回瀋陽，考上大學。校址在北陵，在瀋陽城外。「北陵」是黃陵，清朝聖地。北陵道上風光優美，四季景色不同：春天，柳條兒如綠簾飛揚。夏天綠蔭鋪地。秋天，秋高氣爽，視野遼闊，長河落日圓。但到了嚴寒的冬季，幾場大雪封路就成了一片銀白世界。住校生，在開學的日子，往來北陵道上是種享受，但到寒冬，視為畏途。放寒假時，同學們難得回校一次，可是我卻有一次在這條路上嘗到了挨凍的滋味。那次回學校辦事，不知瀋陽酷寒的程度，只穿了棉袍和厚呢大衣。坐在馬車上，蹄聲得得，越走越冷。空曠的北陵道上，朔風撲面，吹得我鼻涕眼淚直流，進了註冊組，暖和很久才能開口講話。春節到大表姊家作客，大表姊看我這身冬裝，直嚷穿著太單薄了，對我說：「你剛從南方回來，不知北方寒冷得厲害，出門最好穿件皮大衣，我送你幾件皮貨，我現在很少出門，都穿不著了。」立刻吩咐女傭：「你領表小姐到西廂房，打開樟腦箱子，讓表小姐挑。」

女傭打開箱子，使我驚艷看傻了眼！一箱子裝滿了亮麗的各色錦緞皮袍，另一箱是各色的皮草大衣，還有一隻箱子裝的是皮毛坎肩、圍脖兒、手籠（保暖手的皮套），這些皮貨顯著它高貴的光圈。

大表姊是我大姑母的長女，比我大十六歲。貌美聰慧，嫁入豪門，生活優渥。美貌、財富、夫家的權勢，讓她有著一段如孔雀開屏的輝煌生涯；這些衣著告訴我，大表姊風華絕代的風姿！可惜，在官場的酬酢中，染上了芙蓉癖（吸鴉片），落得沉溺在煙榻上，日夜吞雲吐霧，深居簡出，讓這些麗服失去亮相的舞臺，退居在小小的箱子裏投閒置散！

我默默站在箱子前，以欣賞手工藝的心情，看這些巧手的創作，不知如何取捨。

我當時考慮的，是不知在何種場合穿它們。衣著雖是普通事，但也要恰如其分。戰亂剛結束，百廢待舉，人人只求溫飽，布衣舊履已足，我是一個窮公務員的女兒，有一半公費的大學生，穿了這樣耀眼的華服，在校園裏將引人側目。最後，我挑選了一件最不起眼的丈青色面的羊皮裏的皮袍，一件黑色捲毛的大衣。

那年春節後，春暖花開的時候，時局又緊張，倉皇中來臺灣時，整理行李，母親把那兩件皮衣挑出來說：「南邊天兒暖，不下雪，用不著穿，留下來，等你回來穿吧！」但我一走就四十餘年。回去時，母親逝世，大表姊沒有了音訊，這兩件皮衣不知去向，它們和我只有一個冬天的「衣緣」！留給我人事滄桑的悵惘！

望著初夏陽光下，我那一件只穿了一次的毛領外套，想到衣服和人一樣，需要表現美麗、才華的舞臺，才能顯出它存在的意義。我那兩件皮衣，如果被我帶到無霜無雪、溫暖的臺灣，依舊沒有亮相的機會，它們的舞臺在那有霜雪寒冷冬季的地方。

刊於民國九十三年四月一日

中華副刊

戀戀家鄉味

春寒料峭的早春，鄉友自僑居地歸來。每次他回到臺北，最快樂的事，是遍吃臺北大街小巷的飯店、小吃店、夜市路邊攤的純中國味的美食佳餚。

這次他回來，我們夫婦請他吃飯，他指定要吃「東北白肉血腸酸菜火鍋」。我們請他在一個北方館子同慶樓吃這個家鄉味的火鍋。美酒佳餚下肚後，他撫摸著發胖的啤酒肚，心滿意足地說：「很久沒吃過這種味道的火鍋了，真可口！」

鄉友定居美國紐約近二十年，由壯年邁入老年，歲月染白黑髮，鏡裏朱顏改。唯一未改變的是鄉音，和家鄉口味。他說在美國喝牛奶，吃麵包、牛肉和牛油的日子，回臺北訪故友，啖鄉味，是他時時盼望的樂事。

人間口味有甜、酸、苦辣諸般滋味，各人的愛好不同，口味有異。常聽吃遍美食的老饕說「南甜北鹹」，北方人口味重，菜味偏鹹，南方人認為調味時放點糖才鮮美。而有些人，每餐沒「辣」味不開胃。記得兒時跟隨母親到雲南，路過湖南長沙，午飯在當地的一個飯館用餐。

母親點的菜端上來，盤盤都放了辣椒粉，辣得舌頭發麻。讓我們這家慣吃「生蔥」、「生蒜」的東北人，都舉箸難下。到了昆明，祖母最不習慣的是吃食的口味。譬如當地人嗜吃「臭豆腐」，祖母卻嫌棄：「那種發酵壞了的豆腐，嗅著像臭腳丫子，好吃嗎？」但雲南人卻說炸臭豆腐有黃花魚的美味。祖母日思夜想的是家鄉高粱米稀飯、小蔥拌豆腐的家常菜。在昆明住了七、八年，每年春天，她老人家就念叨家鄉春蔥、春韭的美滋味。

家鄉東北的春、夏、秋、冬四季分明；嚴冬季節，瑞雪紛飛，冰雪封大地，氣候恆常籠罩在零度下；樹葉落盡枝頭禿，雪封田畝寸草難生。直到冬去春風吹臨，春冰融化，樹梢冒出新綠，田埂、菜畦才有綠色的蹤影。春蔥、春韭彷彿回眸間，如綠衣仙女在春風中搖曳款擺。此時採摘回來，包韭菜餡兒餃子，嫩蔥拌豆腐，清爽、鮮嫩可口，滋味特別美。祖母生活的那個年代，講究的是安土重遷，有人一輩子沒有離開定居的家鄉。祖母為了父親的工作，和躲避戰禍，不得不跟隨家人離鄉背景遠遷異鄉。在人生地不熟的他鄉，缺親友少故舊，內心的寂寞挑起鄉思，念故人家園，滿腔揮不去的思鄉情，都投移在慣吃的鄉味上，認為家鄉的食物是最美味的。

遺憾地，直到垂老之年客死他鄉，祖母都未曾踏上故園，吃她念念難忘的「春蔥」拌豆腐。

這種「水是故鄉甜」的思鄉情，不因時代的變遷而不同；在美國定居的大兒子，讀書、工作、結婚，而今孩子都讀大學了，生活習慣都已美式化，唯有吃食依然獨鍾家鄉味，日常自做中國餐。

幸運的是現代人生活在科技發達的太平年月，一趟飛機朝發夕至，他們夫婦可以像候鳥般回舊巢，省親吃媽媽味的菜，以及童年、青少年的時候，視為無比美味的「臺灣獨特風味」的小吃。

兒子出生在臺灣，在他心目中是第二故鄉。他成長的時代，臺灣經濟還未起飛，大家的生活都很拮据。他們兄妹讀小學時，每天零用錢只有五元或拾元。這盞盞之數只夠吃碗魚丸湯，或蚵仔煎。放學時飢腸轆轆，魚丸湯、蚵子煎滋味特別鮮美，然後和同學相伴搭公車回家。高中時，零用錢加碼了。放學後和同班死黨結伴去逛攤販街，吃炒米粉，喝碗豬血湯。然後至租書店看劉興欽的「大嬸婆」和牛哥的「牛伯伯打游擊」漫畫，是一天中最輕鬆快樂的時候。

童年時舌尖、口齒間的美味，和少年時快樂的時光，在記憶中難忘。在異國的日子，不僅渴望吃臺灣獨特風味的小吃，還盼望晤舊友、遊舊地，重溫少年時候的往事。他們夫婦倆每次回來，都要逛幾次夜市，吃完魚丸湯和炒米粉，還買烤魷魚絲和抹了辣醬的烤玉米回來做宵夜。有一次，夫婦倆還巴巴兒的跑回臺南母校成大看看那個老樹成蔭、腳踏車穿梭的校園，和在校中任教的同窗。中午到學校附近那家依然開業的小吃店去吃度小月擔仔麵。回來津津樂道得到鄉情溫馨；他說，當他們夫婦對不相識的年輕小老闆說，他們是昔日常客，特地回來吃從前常吃的擔仔麵。小老闆驚喜地為他們多添了滷肉汁，還互談古都今昔貌，就如舊友話滄桑。我想起「臺北的天空」這首歌的一段歌詞：「臺北的天空／有我年輕的笑容／還有我們休息共享的角落／……」。

的確，我們眷戀慣吃家鄉口味，不僅是味覺的享受，連帶也憶起故鄉景物和鄉情。

昭君出塞和番，西出陽關，一路上思故鄉，念漢皇情分，椿萱恩重，棣萼情長；那天，兩個在異鄉重逢的故人，有共同時代的生活經歷，除了吃家鄉味的火鍋，也勾起鄉思，談故鄉風光，憶童年往事，青春少年郎時的趣事：寒冬，在結了厚冰的小河上溜冰，吃冰糖葫蘆、凍梨；春天，在綠了枝頭的柳條兒飛揚校園裏，騎著單車，追在女同學車後，高唱「叫我如何不想他」的歌，卻忘形的撞上大樹，引起同學們哄笑……。兩個老人，在無霜雪、四季似春的寶島上，吃著熱騰騰鄉味火鍋，談往事，彷彿回歸了少年時代，微醉，被酒酡紅了的蒼老臉龐，似乎年輕了許多。在遷徙頻仍的現在，幼年相識的故人，在天涯海角的他鄉相晤歡聚，吃鄉味，話兒時，談鄉情，這份福緣幾人能有？應該珍惜把握！

勸君更進一杯酒，西出陽關無故人，把酒言歡啊！我殷殷為他倆斟酒，挾白肉血腸酸菜火鍋裏的可口鄉味。

刊於民國九十六年八月六日
中華副刊

胡同裏的四合院

羈旅美國加州近三十年的老友，近年忽生落葉歸根之念，回第二故鄉臺北覓新枝。

臺北房屋近年的市場聽說很「俏」！豪宅都熱賣。他們夫妻倆看報，讀小廣告研究一番，決定到郊區新建的普通豪宅去相看相看，約我這久住臺北市老馬作陪。常聽說豪宅的氣派，多年居陋巷的退休公務員寒士，趁機去開開眼界，欣然陪同老友夫婦上路。

車子往內湖方向行駛，行行復行行，過了大湖公園不久，眼眸前方出現了如「西安碑林」聳立著一叢叢的高樓新廈。行近，眼前一亮！好一座有遠山近樹，極富大自然美景的世外桃源！

車子停在一棟有「促銷」旗子招展的高樓前，下車拾階進入大廳，仰望門楣高軒，大玻璃門，的確不同凡俗。接待人員領我們到十二樓，進入一戶住屋，又是另一個洞天福地！敞亮的大落地窗，視野遼寬，主臥、客廳、飯廳、起坐室，都是精心設計的格局。但一問價碼，令人咋舌！搬進來再裝潢一番，這種豪宅，我輩薪水階級的小市民，只有望屋興嘆的份！

在敗興而歸的途中，談到住的種種，友人夫婦原想把加州佔地頗廣的二層樓賣掉，在臺北購置一棟一樓有院落的住宅，像在加州一樣可以蒔花種樹娛晚景。他們家我去過，彷彿坐落在果木花園中。美國地廣人稀，臺北寸土寸金人稠，獨門獨院的住宅難覓，更不用提院落。我告訴他們，前些日子，我和住在北京的弟弟通電話，他說北京這兩年大興土木，扒矮房蓋高樓。我們兒時住的胡同和四合院都找不到了，原地蓋起高樓。友人和我兒時都住過「北平胡同裏的四合院」；不禁憶當年話舊居。

記得那年我家住在「羊尾（讀乙）巴胡同」。「胡同」就是「巷內」。北京的胡同名字都很鄉土味，如「棉花胡同」、「背蔭胡同」；「翠花胡同」、「榆錢胡同」又很詩意。

「榆錢胡同」是因種植榆樹而得名。可是我家那時住的「羊尾巴胡同」並不像羊腸小徑那樣窄，它是有對門居芳鄰的寬胡同。兩旁住戶的院門內都有門洞，大門前有石階，兩旁有石礅兒，至今我還記得和鄰居玩伴分坐在我家大門前臺階和石礅上唱兒歌：「小小子，坐門礅，哭哭啼啼要媳婦。要媳婦做什麼，點燈說話，早上起來梳小辮」的快樂情景。那時的兒童沒有安親班、才藝班，整條胡同都是孩子們玩樂學習的天地；滾鐵環、跳房子、捉迷藏。圍著賣糖人的擔子，看老師傅用糖漿捏「關公」、「孫悟空」。夏天炎熱時，胡同裏揚起「涼粉涼咧！」「黃米糕甜咧！」是孩子們最愛吃的消暑零食。秋風起黃葉飄，胡同裏又響起「半空兒脆嘍落花生！」「栗子味的烤白薯甜咧！」一聲吆喝便知秋，這些全是秋天的美食。北京胡同裏的叫賣聲都如歌曲般悅耳，有腔有調。

我家住在這條胡同的中間。記得進了院門，正房共五間，兩旁東廂房，西廂房各兩間。正房父親母親帶著弟弟住，祖母帶著我和姐姐住東廂房，西廂房是父親的書房和客房。靠大門兩邊一邊是廚房，一邊是門房。那個年代，北京殷實之家院子裏的佈置，講究「天棚、魚缸、石榴樹」；夏天在院子的天井上搭上涼棚遮炎陽，養一缸金魚供欣賞，石榴樹添景觀。我家沒有魚缸石榴樹，在屋簷廊下擺著很多盆花。花盆前一張靠背籐椅，是祖母常坐的地方。父親下班後有時在院子裏澆花，邊澆邊和坐在籐椅上輕搖蒲扇的祖母聊天。父親雅好音律，會拉二胡，吹洞簫，書房裏常蕩著京戲、國樂聲，就知道父親在聽「唱片」。「春江花月夜」、「小桃紅」這些國樂曲子都是父親邊聽邊告訴在一邊湊熱鬧的我。至今，我難忘這些美妙的曲子。有一首「甜蜜的家庭」的歌，其中歌詞是「雖然沒有大廳堂，冬天溫暖夏天涼，雖然沒有好花園，月季鳳仙常飄香」。昔日北京小市民三代同堂住在胡同裏的四合院，過著樸實、安祥、溫暖，又有人情味的日子。

大陸歷史悠遠，在前朝留下很多宏觀的宅第。在山海關曾住過一座「將軍府」的大宅門兒二進的四合院。

二戰結束後，父親接掌「山海關橋樑廠」職務。父親帶領全家，和一些員工眷屬浩浩蕩蕩由昆明回北方的山海關落腳暫住客旅。

山海關地理位置險要，出關是東北的遼東大平原（國共對峙時，國軍兵敗如山倒就在遼東平原上）；進關直達帝王之都的北京，是北寧鐵路上重要的驛站，「天下第一關」的城門樓近在咫尺，是兵家必爭之地。灰暗破舊的城牆上，遺留的彈痕隱約浮現。「將軍府」是古城內少見的大住宅，不知是哪個朝代的將軍蓋的，而今，淪落到被後人租給橋樑廠做員工宿舍。它坐落在一條寬短的死巷裏，沒有市囂擾清靜。大門依舊透露著主人昔日的顯赫：黑漆大門黃銅門環高門檻，中間三層臺階，兩旁各有一座石獅子的上馬石。進了大門洞，迎面是一座上面浮雕了大「福」字的「影壁」，福字雖然字跡斑駁剝落，依稀看出盛世時的風華。「影壁」兩邊各一個有月洞門的跨院，前後兩進大院子裏都有正房，東、西廂房，很是氣派。廠內員工都搬進來。我家分配到東跨院。

跨院不大，卻別有天地；正房廂房圍著有花壇的院子。房子雕窗畫楣很精緻，古意盎然。門楣兩邊懸掛著木雕的對聯：「眾鳥高飛去」、「孤雲獨自閒」。在另一間屋內窗前也有副木對聯：「窗前綠樹分禪榻」、「城外青山倒酒杯」；木聯墨跡已淡，詩句仍可讀，讀來琅琅上口，住進來日夕相看至今記得。當年年紀輕，不懂詩中意，而今知道「詩言志」，想來這位將軍是位喜讀書的儒將；他雖然營造了豪宅將軍府，卻以「同儕都高飛去覓官兒去，自己辭官退隱做閒雲野鶴」的心情，在跨院的小院子裏，過著看山、看樹、品酒、手拋書卷午夢長，懶散的而與世無爭的退休日子。同樣地，戰爭結束了，我們一家子在這小跨院裏，過了一段「西線無戰事」，平安無恐懼煩惱的歲月。

不久前，在電視上看到山海關「天下第一關」的攝影，已景貌全非，修建得煥然一新。在大陸積極發展觀光下，建築物汰舊換新，平房改建高樓華廈。昔日佔地廣闊的「將軍府」故居，恐也難逃改建的命運而消失了吧！

刊於民國九十六年十二月十六日
中華副刊

冰天雪地的春節

家鄉的姪兒寄信說，哈爾濱入冬下了一場罕見的大雪，道路阻塞，機場關閉，氣溫降到攝氏零下三十幾度。

山海關外的東北幾省，地處亞寒帶，每年的農曆十月就開始下雪了。幾場漫天飛舞的片片雪花，把大地改妝成銀白世界。觸目所見，全是皚皚白雪。戶外人跡稀少，鳥雀不見，路樹都是葉落禿枝向天，有著「千山鳥飛絕，萬徑人蹤滅」的淒涼。

這種天寒地凍的氣候，要到來年三月春風吹，春冰融化才會回暖，所以東北人都是在冰天雪地中過春節。每逢佳節倍思親，在這臘月年的腳步越來越近的異鄉日子，又想起在東北家鄉過年的往事。

東北年景

至今記得一首過年的兒歌：

小孩小孩你別饞，過了臘八就是年。

小孩小孩你別哭，過了臘八就殺豬。

臘八粥吃幾天，離離拉拉二十三。二十三糖瓜黏。二十四掃房日。二十五凍豆腐。二十六去割肉。二十七殺公雞。二十八把麵發。二十九蒸饅頭。三十晚上接財神。大年初一拜過年，多給壓歲錢。

這首兒歌，把東北人過年的流程唱得清清楚楚，也看到東北的民俗和年景。吃過臘八粥，家家戶戶開始打點如何過一個快樂又吉祥的春節，大家稱「忙年」。民以食為天，東北鄉村人家，都供奉「灶神」，就是灶王爺、灶王奶。臘月二十三是灶王爺升天向玉皇大帝述職的日子，俗稱小過年。祂們二位到三十除夕晚上和財神一起回來。

別看灶王爺屈居廚下，整年被煙燻油嗆，祂可是掌握這家來年的福祿平安大權。所以灶王爺神像兩旁的對聯是：「上天言好事」、「下界保平安」，橫披是「一家之主」。祭灶的供品中，不能缺少「糖瓜」。糖瓜是麥芽糖做的，東北人叫「關東糖」。據說以此糖甜甜灶王爺的嘴，求祂在玉皇大帝面前多說這家人的好話，壞話少講。可見自古以來，官場文化天上人間都一個樣。

由送灶王爺上天揭開年的序幕，「忙年」急鑼密鼓登場；掃房大掃除，除舊佈新，剪窗花、貼年畫，陋室突然一新洋益著喜氣。殺雞、宰鴨、割豬肉、凍豆腐。「臘七臘八，凍掉下巴」，戶外冷得下巴頦兒都會凍掉（誇大其詞啦），是個天然的大冰櫃，把處理乾淨的雞鴨魚肉，放在院子裏的大瓦缸裏，吃到元宵花燈節，依然是不走味的鮮美滋味。

但最壯觀的，是包餃子的場面。

北方人以麵食為主，餃子被視為是最佳美味。它在除夕半夜接財神時，還有一個吉祥的名兒：「元寶」，過年的佳餚中是不能缺席的。

餃子美味易做，可以儲藏很久。包餃子在兒時的記憶，是件「忙年」中的大戲。大家庭成員多，要包許多許多餃子。除夕前幾天，總有兩天是包餃子的日子。家裏女眷們都是包餃子高手，個個挽起袖子，和餡、擀皮。素日遠庖廚的爺兒們，有時也來湊熱鬧，亮亮「捏」枝（家鄉稱包餃子為捏餃子）。我們小孩子做搬餃子志工，把包好的餃子搬到院子裏，酷寒的溫度，轉眼工夫，餃子都凍得像石頭兒般硬。放在大瓦缸內，吃到正月十五元宵燈節。

大人邊包邊閒話家常，笑語連連，小孩子們跑出跑進，稚子童言童語，清脆笑聲，已織出一片歡樂年景！

戰亂中的春節

生在北地，卻在南方長大。滇省四季無寒暑，沒有飄雪的冬天。童年時期的白雪寒冷在記憶裏已模糊，再回北方，已是十多年後。

那年回去時，正值秋風起兮，黃葉舞秋風，寒衣待剪裁的涼秋九月，不久入冬，第一次再看到雪花飄舞是在校園裏。慣見雪景的同學，沒有興致去踏雪尋梅，卻熱衷溜冰。學校附近的渾河，幾場瑞雪把渾河悠悠的流水，凍成靜止的冰川。同學們在寒假前相約去溜冰，在一望無際的冰川上，只見同學們如凌波仙子般翩翩飛舞，我這南方回鄉的北地女子，只能呆坐岸上羨慕不已。當時打定主意，要學會溜冰。

那時年輕，只知滑雪溜冰是趣事，未曾經歷過風雪嚴寒給生活帶來不便。那年臘八粥吃過，幾場暴風雪封路，雪深埋腳踝，自來水管結冰，沒水用。我和弟弟們荷鏟提桶，到住家附近，有「幫浦」的消防栓水去汲水。一步一鏟，開出一條雪中路，寒風刺骨，呵氣成霧，真艱苦！

偏偏當時內戰，兩軍在遼東展開拉鋸戰，瀋陽成了危城，年貨缺乏。我家除夕的團圓飯，只有一只缺少美味少許肉片的酸菜火鍋。因為戰局，我正準備年後跟隨學校遷到北平。至今記得，吃飯時，父親頻頻撈肉片在我碗中，殷殷叮嚀小心照顧自己，父親難捨在兵荒馬亂中，女兒離膝遠行。城外傳來稀落的炮聲，全家人心情沉重，是我此生過的最悽楚的年，也是在家過的最後的年。

再見到父親，是四十年後。垂老的老父手已顫抖，目已昏花，吃火鍋時，換我這個雙鬢染霜的女兒為他挾肉挾菜。

第二年他仙逝。留給我至今依然沉痛的「樹欲靜而風不息，子欲養而親不在」的哀思遺憾！

停筆望向窗外，在這臘月的臺灣，無霜無雪，朗朗晴天，案上的溫度計是攝氏十八度，溫暖如十月小陽春。一年四季樹常綠、草常青，鳥雀爭鳴。住在這個得天獨厚的島上，年年過著無霜無雪溫暖的春節。

沒有經歷過霜欺雪虐的嚴寒，不知溫暖可貴。沒有遭遇過戰亂的恐懼，不知平安是福。北地酷寒大雪，中東烽火連天，我衷心感恩，這些年在臺灣過著萬事如意，歲歲平安的春節。

刊於民國九十八年二月二十二日
中華副刊

小城故事

昨夜，看了一卷當年興建雲南境內的「緬滇公路」錄影帶，入眠後，竟然夢回小城。

小城名「祥雲」，是緬滇公路上的一個小驛站。我童年時，曾在那兒住了兩年。它是我童年記憶裏的「綠野仙境」、「童話世界」。

一九三八年，父親奉派參與建築「滇緬鐵路」。這條鐵路是二戰激戰時期，為配合運輸軍方物品而搶築的國際鐵路。路線由昆明西行，經楚雄、大理、下關、保山、再入騰衝，滾弄山區，到緬甸的邊境臘戍、八莫。沿途多險山惡水，叢林沼澤，猿、蟒野獸出沒的蠻荒區域。眷屬留守昆明。那時，敵機正瘋狂轟炸昆明，鐵路當局顧及員工眷屬安全，工程處和家眷遷往祥雲暫住。

祥雲位在大理、楚雄中間，是個偏僻的小縣城。在一個初秋的午後，我們這一行卡車隊，穿越公路上的風沙，來到小城城門前，當卡車魚貫穿出狹窄的城門洞，坐在卡車上的我，第一眼看到的是伸手可觸的矮屋簷！俯瞰卡車行駛的路兩旁，擠滿睜著驚奇目光看熱鬧的人，很多孩子興奮的跟著卡車隊跑，小城的居民，早知道有「下江人」要來了，都要看看下江人是什麼模樣兒。

當晚，家家住進工程處已租妥的民宅。這個邊遠的小城，也讓祖母好奇。第二天清早，迫不及待一個人去逛逛，做「小城巡禮」認認新環境。回來唉聲嘆氣的對母親抱怨：「住在這樣窮的地方，日子怎麼過啊？」

小城很小，古味盎然；石板路、窄街巷、矮瓦房。站在十字街上，東、南、西、北四個城門洞遙遙在望。城內看不到商店，樸素又安靜。在來自瀋陽，住過天津、南京、桂林繁華現代化大都市祖母眼中，這個窮鄉僻壤的小縣城，簡直就是深山裏的小村落。

母親卻沒有絲毫怨言，默默開始「返樸歸真」的日子：汲井水煮飯洗滌，點菜油燈照明，燃燒煙煤為炊。床舖是兩條長凳，搭上木板，鋪了稻草，再以被墊放上。睡夢中枕畔透出縷縷乾草香，家具借自房東的木桌、竹椅、竹凳。大人因陋就簡，在物質貧困中過著日出而作、日入而息的鄉村生活。但來自都市的孩子們，卻在小城裏找到了新天地。我和弟弟及玩伴們變成整日留戀野外，尋勝探險的小頑童。

小城城牆很矮，我們一夥頑童最喜歡爬上城牆，城牆上另有一種洞天福地的好風光，是我們悠遊的天堂。雜草如茵，野花爭艷，自生自長的桃樹常是結果纍纍。長得如人高的仙人掌，祖母常說在北方六十年才結一次果子，但城牆上的仙掌卻常年甜果遍佈掌片上。這些野果子沒人垂青品嚐，卻是孩童舌尖上的美味。在城牆上追蝴蝶、捉蜻蜓、啖野果，躺在草地上打滾唱兒歌。玩膩了走下城牆，出了城門洞，又到另一處孩童心目中的仙境。

城外城牆根沿著城牆種了一排排柳樹，樹旁是一條如小溪流的「護城河」。夏天綠柳拂溪岸，溪水清澈見底，大家坐在岸上，赤腳濯足，小魚蝦就在腳上穿梭。抓魚、摸蝦、潑水打水仗嘻哈玩笑，享受大自然中的樂趣。

小城還保有中國傳統「趕集」的習俗。農曆每個月的初一、十五是趕集日，是當地的大事；平日安靜的小城，街上滿是人，小城附近鄉鎮的居民，都來「趕集」，購物、做生意，人聲吵雜。挑著擔子的小伙子進城來，筐籮裏的雞鴨活蹦亂跳，嘰嘰咕咕。壯漢推著獨輪車穿過人叢，車上一邊坐著打扮得像美人兒的小媳婦，一邊放青翠青蔬，肥碩瓜果，是賣水果青菜的。小毛驢也進城來，馱著米袋玉米，跟著主人，低頭垂目乖順的往前走，有那得到主人寵愛的小驢兒，頭上紮著彩帶，頸上繫了鈴噹，走在青石板路上，蹄聲得得，銅鈴叮噹。我和弟弟們快樂的穿梭在人群中，這天口袋裏有了零用錢，吃了酸脆的泡菜，再吃路邊攤飄著油香的臭豆腐。核桃糖、松子糕是百吃不厭的零食。像逛廟會，直到太陽西斜、市集漸散，我們才興盡，倦鳥歸家。

母親和祖母這天也忙出忙進，分批採買生活必需品，第一批買米油鹽，第二批買青蔬水果，第三批是乾貨零食。樓下廚房堆著青菜乾貨，樓上地板上滾著綠中透紅的火把梨。祖母津津有味的咀嚼著核桃仁，邊誇讚：「這雲南的核桃，比咱們老家的皮兒薄，肉仁兒香！」她不再嫌小城是個窮地方了。

小城只有一間小學，和一所初中。小學好像聊備一格，學生少，上課三天打漁兩天曬網；農忙放假，趕集日也放假，因為孩子們要幫忙家事。工程處顧及員工子弟弦歌不輟，成立了一座員工子弟小學，校名定為「滇緬鐵路小學」。校址商借當地一個佔地頗廣的寺廟禪房一隅；一個月洞門內，有十多間禪房，做為教室、老師辦公室，寬敞的院落就是校園。月洞門外暮鼓晨鐘，月洞門內學子書聲琅琅；千里外烽火連天，世局動盪不安，都遠離隔絕。小城，是血腥亂世中的淨土，是悲慘世界外，寧靜安祥的世外桃源。

全校只有六班，每班只有七、八個學生，採雙軌制教學，上課時一位老師同時教兩班。這個在小城內堪稱空前，相信也是絕後的私立小學，雖然「迷你」，但師資卻是藏龍臥虎：校長是工程處處長夫人，南京師範畢業；數學老師是總工程夫人，美國威斯康辛碩士；我的班導師是位工程師太太，北平燕京大學畢業。

這所「迷你」小學，也給小城帶來活力和快樂，更讓居民開了眼界；每到學期末，師生都會合辦「同樂會」，在廟內廣場上，以大雄寶殿的迴廊做舞臺。學生表演歌舞，老師們唱歌。工程處的同事們也來湊熱鬧說「相聲」、唱「京劇」。有一次，老師們還粉墨登場表演「野玫瑰」話劇，是當時最火紅的抗戰間諜劇。平日布衣粗服，只穿藍布旗袍的老師，在臺上都變成華服漂亮的貴夫人。連母親的皮大衣都出現在演主角交際花身上。共襄盛舉，大家都把很久沒穿，壓箱底的衣物翻出來派用場。吸引小城家家戶戶扶老攜幼湧向寺廟廣場，看「下江人太太演戲」。

離開小城未曾回去過。幾次回昆明探視大姐，也無緣舊地重遊。而今，附近的麗江、大理都成為觀光勝地，小城如昔否？難忘那段戰亂時，「臥薪嚐膽」卻快樂的童年日子。

刊於民國九十九年七月十八日
中華副刊

第三輯　臺灣足跡

一個環海小島，缺乏生存資源，卻時時降臨大自然的災害，考驗島上的子民。且看島上的人們，如何把自己庇護所，經營成香格里拉，耀目的小龍。

瓜果甜　蔬菜鮮　繁花艷

「紅了櫻桃，綠了芭蕉」，在大陸北方，春暖花開的時候，也是當令水果上市的季節。日前兒子到北京開會，帶回些許「櫻桃」給我嘗鮮。乍見，真有些久違的感覺。

這個品種的櫻桃，外型似桑椹，熟透了鮮紅、汁多味甜蜜，微酸。不易久藏，季節一換，它就下市了，和臺灣的草莓一樣嬌嫩。小時母親買時，見小販都用櫻桃葉托著賣。

是久違此果，抑是久住盛產水果的臺灣，把味蕾慣高級了？細品這兒時的甜果，覺得不若往昔，淡了些。

瓜甜果蜜滋味美

談到水果，大陸因為氣候的原因，的確不如臺灣水果種類多，產量豐富而味道甜。

就以我的家鄉東北，號稱高粱肥、大豆香富庶地方，水果種類、產量、滋味都遜於臺灣。

記憶中，家鄉夏天的水果，除了曇花一現的櫻桃，有桃、李、杏、香瓜、西瓜等。秋天的梨、蘋果、葡萄、柿子。冬天僅有橘子和凍梨，還是水果暖房裏的藏貨。因為東北的冬天，長達四、五個月，霜雪封大地，寸草不生。有的水果樹要被包上「草衣」。長果子，緣木求魚，難啊！

反觀臺灣，秋冬季卻是水果盛產期。甜酸多汁的椪柑，皮薄味如甜蜜；酸酸甜甜的柳丁；汁多、肉甜的巨峰葡萄；皮薄肉厚的木瓜。四季不缺席的香蕉、芭樂；中秋節前上市的文旦；端午節時，荔枝也上市；接著水果攤上有了龍眼，告訴我們盛夏來臨。而夏天臺灣的瓜類多又甜，西瓜、香瓜、哈密瓜。

有些臺灣水果，在大陸上很多地方是不見蹤影的。記得當年到臺灣來，路過上海等船，有一天在下榻的旅館門前水果攤上，看到一種水果叫「文旦」。那時正是中秋節前夕，我為這個果名吸引。從小耳濡目染，聽京戲、看京戲，熟悉戲中角兒的分類名稱：「文旦」、「武旦」、「花旦」、「老旦」。現在有「文旦」怎麼不見「武旦」？一問之下，賣水果的老闆來了，幽我一默：「這是從臺灣運來的水果，名叫『文旦』，不是戲臺上的角兒。買一個嘗嘗，很甜。」那是我第一次吃到文旦。

豈僅文旦，臺灣很多水果大陸北方都沒見過，如蓮霧、楊桃、木瓜、芭樂、芒果。龍眼只吃過「龍眼乾」，視為補品。荔枝，只在歷史課本上，讀到楊貴妃嗜吃的美果，是由廣東騎馬接運到京的。連在臺灣平常百姓家都吃得到物美價廉的香蕉，到了大陸北方，立刻身價不凡，皮都黑了，還在高級水果店當珍品！

臺灣水果產品種類多，是得天獨厚的地理環境，但農民辛勤耕耘，品質改良，其功不可沒！猶記經國先生主政時，曾有十大建設，農、漁、牧的發展推動。經國先生很重視作家手中的筆，常不定期招待一批一批作家到產地，或批發地參觀這些產品生產情形，我曾在鳳山農業實驗所，看到專業的農產專家，研究接種，有了現在紅皮、肉甜嫩、纖維少的大芒果，和黃皮的蘋果芒果。以及梨山有名的廿世紀梨、水蜜桃、蘋果，多是實驗研究的成果。我們把這些情形寫出來，在報章雜誌發表，讓社會大眾知道政府為我們做了些什麼。

青蔬滋味鮮

「青蔬滋味長」，現在人注重健康，每餐可以食無美味東坡肉，住無詩意的竹，卻不能盤中少青蔬！

提到臺灣的農產品，不能不讚美臺灣出產的青菜。而最有資格讚美臺灣出產的青菜是主持家庭民生大計的煮婦（主婦）。

「柴、米、油、鹽、醬、醋、茶」雖然是家庭開門七件瑣事，但要用這些佐料的搭配，餵飽全家老小的胃，讓他們餐餐大快朵頤，廚下手藝，可不簡單。換菜色、改口味，煞費廚下妻、灶前媽的苦思。幸虧有眾多青蔬助陣：絲瓜炒蛤蜊，超鮮美；撥刺魚（臺語發音）煮莧菜，美滋味；九層塔紅燒茄子，別有風味。絲瓜、莧菜、九層塔，在臺灣是最普通便宜的青菜。但在大陸北方沒聽說過這些產品。

東北季節，四季分明。青菜的產品也隨四季變化。春韭，夏瓜豆，秋天大白菜、蘿蔔、馬鈴薯是豐收季，這幾種蔬菜易於儲藏，是餐桌上主要的菜。要吃四季豆、茄子、黃瓜、綠葉的青蔬，來年春、夏季才上市。

臺灣得天獨厚，終年不見雪霜，氣候溫暖，加上雨水充沛，土質優沃，植物易於生長。種一棵樹苗，會落地生根；撒下菜種籽，幾番雨露，冒出嫩秧，欣欣向榮的成長。每次搭火車南下，穿過嘉南平原，放眼車窗外，常是一望無垠的綠油油稻田，和一些菜圃瓜棚。

走進傳統市場，青蔬瓜豆，白蘿蔔、茄子、碧翠色的黃瓜，琳瑯滿目，讓人目不暇給。它們隨著季節變換，輪流上場，在臺灣青蔬四季都可以吃到。而這些蔬菜經過農業專家的改良研究，品質越來越優質，產量更豐富，不僅供應國內市場，還外銷國外。我曾和一批作家到彰化、東勢、卓蘭等產地，參觀這些蔬菜改良成長的過程，看到一箱一箱待運出口的蘿蔔、豌豆、絲瓜……。這一箱箱的蔬菜，雖然是微不足道的普通食物，此刻卻是賺取外匯的尖兵。

萬紫千紅春常在

母親節那天孩子們送我一大捧嫩黃、亮麗的康乃馨，說是新品種，花期長，香味濃。可不是，這捧花一進駐客廳，立刻滿室生香！

現代人物質生活提升，也注重精神生活的經營，增添生活裏的情趣。譬如「花」，我發現它在我們日常生活中扮演著喜樂多情的角色：康乃馨代表母愛的溫馨偉大；情人節的玫瑰花，代表愛的情意；祝生日快樂，送一束花代表心意。有一次在電視上看到一位官員高升，祝賀的蝴蝶蘭由辦公室門口一路排到走廊上，壯觀極了。一位朋友喬遷新居，指名要我送他幾盆花，讓新居有點詩情雅意，閒時也可澆花陽臺上，悠然見花開。的確，現代人不會等到退休後才蒔花植草，平常在陽臺上就擺著盆花盆景。由此可見花卉在我們生活裏也佔了一席之地。連帶花市的生意也熱絡，週末假日走一趟花市，賞花買花人熙熙攘攘。

「花類」中，除了梅花在寒帶地區越冷越開花，大多數的花卉都性喜溫暖濕潤的環境。在大陸西南高原地帶的昆明，四季無寒暑，素有「春城」之稱，有「春城無處不飛花」的美名。少年時曾卜居春城，我家院子裏有四時不謝之花，是祖母親手栽種。三年前住在昆明的大姐告訴我昆明將舉辦一個盛大的「花卉博覽會」，我曾專程舊地重遊去賞花。眾多的花卉萬紫千紅，爭奇鬥艷，嘆為觀止；去年，臺灣的彰化也舉辦了一個「花的嘉年華會」，姹紫嫣紅，國色天香，比「春城」之花更讓人驚艷！

其實，近年來，花卉這種農產品，也發展得一枝獨秀，四季都有好花開。「栽成百種苗，育就千般種」，好花常開，不是天上掉下來的禮物，多年來政府「花卉推廣中心」功不可沒。

早年，曾到中部農村訪問，在彰化的田尾鄉，參觀「公路花園」。特為方便運輸花卉到各地的一條寬坦的公路。路兩旁櫛比的花圃、花田、花園壯觀極了，而推廣中心更協助花農引進新品種，育苗、試種，成品運銷各地，以經營企業的方式，發展花卉事業。使得今日花市繁榮。那時，有些花卉也銷往國外，日本人最喜歡菊花，據說日本過年時，歲朝清供的菊花，都買自臺灣。

不久前，國民黨主席連戰先生有大陸和平之旅。他帶回一個最實惠的成果：「賣水果！」把臺灣的水果推銷到大陸。這一陣子，主辦單位積極策劃，報載十多種品類的水果，首批即將登陸亮相！這批佳果如果受到大陸市場歡迎、消費者的喜愛，將是我們臺灣經濟方面的一大商機！

在商言商，中國人在商場上的信念是「生意興隆通四海，財源滾滾進門來」。水果雖是微不足道日常吃食，獲利微薄，但細水長流，小兵也能立大功！如果這些水果做了開路先鋒，贏得大陸市場的好感，我們的青菜、花卉也可以跟進。

假如，我們再從另一個角度思考：大陸人們吃到臺灣的佳果，嘗到臺灣美味的蔬菜，欣賞臺灣美麗的花，在兩岸和平之途上，其意義更重大。「友善」是消除紛爭、對立和戰禍的最好方式。

刊於民國九十四年六月三十日

中央副刊

上｜作家參觀田尾花卉推廣中心，中間白髮者為婦女寫作理事長邱七七，左邊女士為作者。

下｜南部參觀花卉中心。右起：鮑曉暉（作者）、楊小雲、丹扉、韓韓。

種香蕉的女孩

都說臺灣經濟不景氣，經濟蕭條。我常到傳統老市場逛，很懷疑這種說詞的真實性。

我家在不遠處有個只半日交易的露天菜市場。雖然超市近在咫尺，但周末假日，我常捨近就遠到這個老菜市場蹓躂蹓躂。我愛那隨便逛，隨便買的自由自在的情趣，和菜攤子上親切的人情味。

每次我都以逛花園般愉快的心情，徘徊在臺北都市這角具有鄉村味的地方。如果去得早，又是個晴朗的好天，買菜的人有眼福了，左邊攤子上擺著綠葉白梗的小白菜，葉兒上還沾著水珠。右邊地上成堆的蘿蔔，蘿蔔葉還頂在上面像戴了綠纓帽的白胖小子。紫茄子油亮油亮，四季豆碧翠碧翠，青蔥、蒜苗、小黃瓜……；數不清的青蔬，就如繽紛的花兒向買菜的人展顏。另一邊的水果攤上，更是「奼紫嫣紅」：澄黃的椪柑、淺黃的柳丁、紫葡萄、綠芭樂、鵝黃的香蕉，夏天綠皮的西瓜，有美麗花紋綠色小玉瓜，都是成車的叫賣；臺灣素有「水果王國」的美譽，當之無愧！人人搶著買。

的確，臺灣水果的豐富，在菜市場中最醒目，春節除夕那天早上到露天市場採買年菜，那水果攤真使我驚艷，「萬紫千紅」，目不暇給，不買難捨，情不自禁地每種都買一些。回來把那些漂亮的佳果攤在餐桌上，丈夫走過，眼睛瞪得如銅鈴俏皮我：「嚇！這麼多，要開水果店啊?!」他提起其中兩排的香蕉問我：「要吃到哪天呀？」我看那串香蕉總有二十幾條，也笑了，只好說：「咱倆每餐飯後一隻蕉，吃個過癮！」

在諸般水果中，我獨鍾香蕉，我愛它甜美軟糯適口，生長在亞寒帶的北方，記憶裏的香蕉是稀罕物。家鄉只產蘋果、梨、櫻桃、葡萄及瓜類。香蕉是進口貨，都已經皮黑肉軟，還供在水果店的玻璃櫥裏，是高檔貨，尋常百姓家是吃不起的。在我家，唯有祖母可以享用這稀有的水果。祖母年紀老邁、牙齒動搖，只能吃軟物，唯有吃香蕉了。

到臺灣後，才識得香蕉廬山真面貌——它不是黑醜引不起人的好感，是鵝黃光滑嬌美的風姿。更是價廉物美的大眾水果。讓我驚喜地，在嘉義住的公家宿舍的院子裏就有兩顆香蕉樹，每年結實纍纍。

我更見識到香蕉林的壯觀。初到臺灣，住到南投縣的水里鄉，丈夫在當地的巒大山林場服務。水里是個山城，由臺中坐火車到二水，在二水換坐小火車到集集，再進入水里。從集集到水里這一段香蕉園綿延數里不斷。探首車窗，小火車彷彿穿越北方的高粱地，讓我有進入「青紗障」的鄉愁。

只以為臺灣中部出產香蕉，誰知有一年丈夫的同學請我們到高雄旗山他家作客，他在當地的糖廠服務。我們住了兩天，出遊參觀，眼眸前時時有了蕉林蕉園的影子。那時臺灣正在開創經濟繁榮的遠景；蔗糖、木材、香蕉大量出口，為臺灣賺進傲人的外匯。同學告訴我們，旗山盛產香蕉，又稱「蕉城」。

人生的萍蹤難以預料，是否與香蕉有緣？當年一個愛吃香蕉的女孩，長大後，由冬雪嚴寒的北方，舟車遷播，千里迢迢地到這個四季溫暖如春，盛產香蕉的海島。從登上基隆岸，就落地生根以斯地為鄉，吃香蕉像吃飯般平常了。

而最奇特地，我竟然認識了一位種香蕉的女孩，而香蕉竟然改變了她的一生。

剛認識她時，只覺得她很時髦，自己開著一輛漂亮的車。微黑細緻皮膚的臉上，一雙慧黠的大眼睛，常是笑瞇瞇的讓人願意和她親近。後來知道她曾在媒體工作，提前退休，專以寫作為志業。她就是女作家六月。她寫作甚勤，已出版了好幾本書，最近又出版了本《蕉城相思雨》，是一本專門報導家鄉旗山的散文。吃了四五十年的香蕉，只以為它不過是臺灣出產的普通水果，讀了《蕉城相思雨》，才刮目相看這大眾化的水果，當年曾為臺灣賺進大筆外匯，繁榮了旗山，締造了臺灣經濟奇蹟的功臣之一。而更想不到的，「香蕉」改變了一個女孩一生的命運！

生長在旗山的六月，在自序中說她原是農家女孩，少年時就幫父兄協助農事。但她聰慧喜讀書，高中畢業後又考上了大學。在那年代，農村子弟讀大學已是「鳳毛麟角」，何況女孩子，父親繳不起昂貴的學費，拒她入學，她傷心得躲在蕉園裏大哭。幸賴疼愛她的長兄慨以賣香蕉的利潤做為學費。大學四年期間，是香蕉外銷風光時代，她得以完成大學教育，知情的同學戲稱她為「香蕉公主」。畢業後進入媒體工作，又展現寫作的才華，甚得家鄉父老鄉親的肯定。

去夏，六月回到旗山，她以半年的時間，走遍旗山的大街小巷，重訪蕉城的山光水色、老街舊厝，重溫童年時光，也重新認識旗山的新貌。在〈香蕉王國的滄桑〉、〈香蕉大王的軼事〉篇章裡，我看到香蕉如何富庶了繁榮了這個山城小鎮。在〈仙溪之水天上來〉，〈到堤岸築一個夢〉裏，我看到旗山美麗的風景。在〈巴洛克老街和老厝的風華〉、〈維多利亞風情小站〉裏，我看到古老的中西合璧的建築藝術之美，以及介紹旗山讓人垂涎獨特的小吃。

當我神遊蕉城時，想起曾住過的水里鄉，它位於盛產木材的巒大山山麓。想起丈夫在臺東水利界服務時，我去小住，驚見這東部濱海的山城豐沛的漁產。想起搭火車南下，眼眸前嘉南無垠的平原，蕞爾小島得天獨厚的溫暖氣候、植物易於生長的沃土、大量的漁產、種類繁多的水果，都是我們的財富，如果大家努力經營這塊土地，經營這大片土地上的財富，不信「臺灣經濟奇蹟」的第二春喚不回！

刊於民國九十三年四月四日

中華副刊

繞著高山行

細說阿里山森林鐵路

自從大陸開放來臺觀光，阿里山、日月潭等風景地區，是陸客必遊的景點。尤以阿里山，一首「高山青」的歌曲：「高山青，澗水藍，阿里山的姑娘美如水呀！阿里山的少年壯如山！……」早傳唱大陸。來臺灣的陸客，都想一睹廬山真面目，登阿里山。

盤山越嶺群山間

遊阿里山，主要的交通工具，是乘坐阿里山森林登山鐵路的小火車，這條鐵路蜿蜒穿行在崇山峻嶺間，沿途的山光水色盡收眼底。阿里山森林作業區屬林務局的嘉義阿里山林場（今之玉山森林管理處）主管。光復之初，外子曾奉派嘉義林場工作，主管運輸及修護森林鐵路業務。有十年歲月與這條鐵路有休戚與共的因緣。

早期行車採單向行程。單日上山，雙日下山。火車頭是蒸汽機式，車廂簡陋，木板座位，車窗沒有玻璃窗。

那時山上是管制區，除非特殊人物，入山要申請入山證，遊客很少。近水樓臺，我以工作人員眷屬身份曾數度上阿里山做遊客。在那個年代，到阿里山旅遊，是名副其實的遠離「紅塵」之旅。

每次，我提著簡單的小旅行袋，懷著輕鬆悠閒的心情，踏進木椅的車廂。乘客稀落，找個靠窗口的座位。車出北門站，直駛竹崎。小火車越走越慢，搖搖晃晃，慢騰騰穿行在樹林間，掠過村野屋舍過木橋，鑽出山洞。火車轟隆轟隆響著慢鼓點子，使我想起「搖呀搖，搖到外婆橋」的兒歌。車窗外花姿樹影相隨，有如行走在池邐的畫廊中。有時小火車傍山行，峭壁懸崖就在車窗外。左閃右拐，幾疑前方無行路，峰迴路轉又到另座山腰。臨深谷，正憂心車下的朽木危橋，小火車已悠然晃過澗水潺潺的幽谷。有一處火車出了山洞，轉個彎，猛一回眸來時路，那山洞口就在對面半山腰綠樹掩映中。

阿里山小火車行程中，還有兩處奇景。由於鐵路線盤繞崇山峻嶺間，山路陡險坡度高，過樟腦寮路線無法提升，於獨立山段約有五公里長鐵路環繞三周，以螺旋式攀高爬升而上。在獨立山鳥瞰樟腦寮，村舍如繪、山徑似帶。而在屏遮那到阿里山段，有兩處路線以「Z」字形行車攀高，始可到達兩千多公尺高的阿里山。坐在車內乘客會奇怪火車行車，有兩次是前進又後退再前行。這種鐵路線工程，全世界鐵路史上罕見。曾有遊客作詩詠嘆這兩處行車風光：「鐵路迴旋挹翠巒，奔馳進退白雲間」、「車似蝸牛緣絕壁，幾回盤過驛寮邊」。

多災多難的高山鐵路

但是，這條鐵路也是一條脆弱的鐵路，多災多難。

阿里山森林鐵路穿行在群山峻嶺間，山洞多、橋樑多，加以鐵路老舊，災害也多。大雨颱風都會造成路線災害，山洞倒塌、橋斷路阻，一處災害波及全線癱瘓。那幾年家裏的電話午夜鈴響，一定是山上的鐵路出了狀況。外子第二天火速上山趕往災害地點監督搶修。後來阿里山轉型為森林遊樂區，遊客增多，最怕星期假日鐵路坍方、山洞倒塌、橋樑斷裂，山上的遊客被困山上。災害嚴重時，搶修需時日，被困在山上的大批遊客，吃食都成問題。搶修人員日夜趕工，心急如焚。有一次強颱過境，豪雨把鐵路摧毀得柔腸寸斷，外子正在山上，為急著趕回林場主持修復工程發包事項，只得徒步下山，事後腳趾甲瘀血脫落。

那幾年雖然時時山上山下的奔波，但甘之如飴，毫無怨言。外子認為凡是工作都有困難、阻礙、煩惱、憂心，維護這條鐵路安全暢通是他的責任。只有一次，午夜山上來電話，他講了很久，放下電話，擔心屋外風雨越來越大，忍不住自言自語唸叨：「山下玩玩就好嘛！山上有什麼看頭，除了山就是樹！」

立場不同，感受不同。外子不是遊客，因為工作關係上山下山，看山是山、看樹是樹，才對山沒有相看兩不厭的閒情逸致！

高山觀光勝地的功臣

青山依舊，澗水仍繞著山谷轉。離開嘉義後多年，再上阿里山，一路上有青山不老，綠水長流似曾相識的親切感。但環境、事物都非昔日貌了。

登山小火車的車廂，已由簡陋木座椅，改換為現代化舒服座椅，小火車外表是紅色漂亮的列車廂。阿里山車站的木造站房，也改建為美侖美奐，古香古色宮殿式三樓，遊客可登樓觀雲海、眺夕暉。而昔日我投宿的日式木造簡樸的招待所，已變貌為華麗的阿里山賓館。當年老總統蔣公曾三上阿里山避壽，那時到祝山看日出的山路崎嶇難行，老總統和夫人去看日出，據外子說，是坐著軟轎式的滑竿到觀日地點的。而今，那棵大樹下觀日的小丘附近，已矗立起一棟觀日高樓，遊客可以吃早點，喝咖啡等候看「朝暾」躍出天際奇景。到祝山的崎嶇山路，已是可以行駛小巴士的坦道。阿里山能由只生產木材的荒山僻野，被經營成一個現代化的高山觀光勝地，阿里山森林鐵路是重要的一環，其功不可沒。堪稱是功臣！

蜿蜒高山七十年

不久前，莫拉克風雨災害，又重創阿里山。阿里山森林鐵路又是災情慘重，修復困難。主事者建議「建纜車，廢鐵路」。

猶記有一次災害後，也有人建議修築纜車，那時，外子以曾在阿里山多年工作經歷，熟知阿里山地勢高陡、群山環峙，建纜車工程浩大艱鉅，廢鐵路，建纜車有待評估。

而我這個多次登山的老遊客，認為到阿里山旅遊，不只看雲海、觀日出、瞻神木、賞櫻花。坐在登山小火車裏，看沿途壯麗的群山，幽深的溪谷，山中人家的悠然旅趣，和身歷其境，去體賞那「車似蝸牛緣絕壁」、「奔馳進退白雲間」的高山驚奇之旅，卻是纜車騰空而過感受不到的。

何況，這條鐵路已有七十多年歷史，在臺灣的海洋氣候下，年年飽受風災水患的災害，至今依然載著小火車昂然穿行群山間。只要我們不放棄，相信它會如高山裏的碧水長繞著青山轉。

刊於民國九十八年十一月二十一日
中華副刊

在廢墟上重建

淡淡的三月天雖然已近尾聲，但路旁的杜鵑依然繽紛展花顏。日昨一場春雨，透著春寒料峭，而今朝雨歇、寒意散，春陽穿過車窗，照在身上暖洋洋，讓人有著慵懶的舒適感受。真是春遊的好天氣！

車子下了交流道，直奔南投縣的埔里鎮。

常年侷居在水泥叢林的都市裏，出門所見是高樓連雲、房舍櫛比，眼眸偶掠一塊綠地的都市小公園，也是匆匆地驚鴻一瞥。而此刻車外是樹擠樹，車子彷彿行走在綠色隧道內，綠色映眼碧。這一路不僅是綠色叢林，遠山隱隱、近水悠悠，車子又彷彿穿行在大自然的畫廊中；那車窗就是時時變化萬千的畫幅！讓我由衷的讚美：「臺灣真的是個美麗的地方！」

生長在北國，曾見過酷霜狂雪，冰封大地萬物的無情。那當兒，連繁華的都市都有「千山鳥飛絕，萬徑人蹤滅」的荒寂。而臺灣得天獨厚，四季無霜無雪，萬物終年生機盎然。在此春光明媚的時刻，有陽光、綠樹、暖風、美景，真應該盡情享受大自然對我們的厚愛。

只是，此行不是純旅遊，我們是專程探訪一處在廢墟中重建的兒童啟智教堂。

臺灣雖然沒有霜欺雪虐的威脅，但它位於颱風必經之區，又位於地震帶的不利地理位置，所謂天有不測風雲，這兩大難以預測掌握防範的天災，也常會給臺灣居民帶來災難。

民國八十八年九月二十一日，臺灣的南投縣就發生了一次強烈的地震。那日午夜突然的強震，震央就在南投附近，當地居民在睡夢中驚醒，爭相逃出戶外。霎時之間天搖地動、山崩地裂、樹倒屋塌、路陷橋斷、河川改道，連當地有名的九九山峰都移位崩禿！居民一夜之間無家可歸！學童的校舍變成斷垣殘壁的廢墟，埔里中峰國小的校舍就是其中之一，我們此行去是探訪在廢墟上重建的新校舍。

想起在震後不久，我曾有機會和一群朋友去慰問浩劫後的鄉親同胞。那次所見可用「滿目瘡痍，百廢待舉」來說明那種混亂和慘況；斷垣殘壁的瓦礫仍在清理，災民都住在臨時搭建的帳棚內，大家沉默的蹲坐在帳棚旁，臉上透露著茫然無奈的心情。學校震毀，孩子們成了閒蕩的失學兒童。差堪告慰地，愛心和關懷從四面八方湧來！吃的用的物品堆積如小丘。志工、義工、鄉親們穿梭其中，為大家熱情服務。中國有句話「患難見真情」，在此刻印證無遺！愛心、溫柔、關懷、熱情這些人性的光輝全表現在他們的話語、行為和眼神中，讓我這只攜帶了一點溫暖薄禮的人，在旁觀中感動得鼻酸目紅。在那一刻，我更愛腳下這塊土地，住在這裏的人會勇敢的面對災難的打擊。因為大家都是生命共同體，人溺己溺，互相關懷，發揮同胞愛。

第二次去災區是到東勢，去探訪災民臨時的棲身之所「馨園」。走進馨園，彷彿走進一座整潔的社區；新居成排一式的組合屋，其中有孩子上課的教室、簡單的醫療室、托兒所、兒童遊樂場，還有一間小小的的圖書館。周圍綠樹環繞，不遠處青山脈脈，大家爭相稱讚：「不像震災後的難民營，好像遠離塵囂的世外桃源」。孩子們在此弦歌不輟，書聲琅琅。大人們也在此修了一門「守望相助，交換愛心、相互鼓勵」的課，同是震災受難人，更能惺惺相惜啊！同時也化為孩子們的人生教育，教化孩子們懂得大愛的可貴。

雖然在此獲安居，但總有此身如寄的漂泊感，他們渴望有個安定的家，永久的住所。尤其孩子們，在臨時簡陋的教室內，一切教材設備都缺乏。小學時期是孩子們的啟蒙教育，學校是啟智的殿堂，教育是百年大計，校舍不容忽視任蹉跎。

但災區廣大，重建牛步化，這期間苦了孩子們，輾轉在露天、花棚下、鐵皮屋裏上課。我們此次去探訪的中峰國小就搬了五次家，而今終於有了永久的校舍。

當車子駛進校舍大門內，哇！眼睛一亮，白色的教室成排，整齊漂亮，聳立在校園內。鋪著連鎖磚的行道，綠茵的草坪。一邊是圓形屋頂的花房，透明的玻璃帷幕，隱隱可見綠色植物。旁邊一泓水池，池水碧藍。另一邊遠處是操場、球場，和暗紅色的跑道。看得出這些場景是專家精心設計而建造的。

抵達時，學生正在上課，校園內很安靜。聽完校長張月玲女士的簡報，窗外傳來嘰嘰喳喳的笑語，有人影掠過，學生們下課了。到校園參觀，看那些孩子穿著一式的衣服，活潑健康，童稚的臉龐上綻著快樂的笑靨，四年前那惶然無主的眼神已不見！

球場那邊圍聚一群學生，他們正要玩球，我走進笑著問他們：「這個新學校，你們喜歡嗎！」「喜歡！」毫不猶豫地異口同聲，聲音響亮的回答，有那頑皮的，還伸出兩根小手指表態。

我暗笑自己多此一問，住在這個深山小鎮的孩子們，能擁有這樣一座現代化的校舍，是他們的福氣啊！

我想起剛才簡報時，教務主任的一席話：「地震雖然震垮了所有的硬體設施，但卻震不毀我們的意志！」

的確，就是這股意志，讓中峰國小油老舊校舍脫胎換骨，以嶄新的面貌在廢墟上聳立起來！

在簡報中，還聽到許多感人的小故事：如學生家長充當義工，親身參與重建工作；前任校長捐地，又積勞成疾，住院胃開刀；慈濟的信徒，從臺北千里迢迢來做義工，鋪連鎖磚的行道、草坪；以及社會人士出錢出力，伸出大愛的手。

帶著這些溫馨感人，愛的故事離開，時已午後，太陽西斜。斜陽照著路旁的杜鵑花，也照著站在路旁向我們歡送揮手的教職人員，照在張月玲校長的臉龐上。張校長年輕、漂亮、有活力，又很時髦。在崇尚浮華享受的社會風氣裏，她如一朵不染塵的白蘭，在這僻靜的鄉鎮守著孩子們守著教育崗位。她那揮手時的笑靨，就如路旁的杜鵑般美麗燦爛！

刊於民國九十二年五月二十二日
青年副刊

空前絕後木屐情

到臺灣之前，從沒有見過木板拖鞋——木屐。初次見到它是在基隆。

那年，由上海搭乘一艘名叫「德和輪」的海輪到基隆，中途遇上颱風襲臺，海上風狂雨驟，漂行了一個星期才靠岸。一路上被顛得七暈八素的，頭昏沉，踏上基隆港碼頭地上，像踩在棉絮上般站不穩。迷迷糊糊中被領進旅舍，倒頭便睡，晚飯也沒吃。第二天醒來，窗外已露曙光，沒有雨聲風聲，只聽得斷續「咔噠、咔噠」清脆入耳。朦朧中我問身旁的丈夫：「是什麼聲音？」「大概賣東西敲的木板？」丈夫在半醒中猜測。

颱風來得快，去得快。走出旅舍，到了街上，已雨過風歇，只見滿街路樹殘枝敗葉與墜落的市招。馬路上積水未退，往來行人穿著木板拖鞋「咔噠、咔噠」，水花四濺，從容而行。唯有我和丈夫，手提褲管，左躲右閃，如履薄冰的躲著水窪兒，怕濕了鞋襪。對臺灣第一個印象是「風好大」、「雨天穿木拖鞋」。

後來知道大風是「颱風」，年年要來報到幾回，木板拖鞋是「木屐」。更沒料到此物與我結了不解緣，朝夕相隨達數十年。

剛到臺灣，住在南部一個小縣城，才發現「木屐」不是下雨天穿的「雨鞋」，而是日常生活中，不能離開的「足下」物——鞋。街上大街小巷的行人，十之八九足登木屐，「咔嗟、咔嗟」往來。入境隨俗，棄鞋穿木屐。日子久了，體驗到它的諸般好處。

脫穿方便；那時住的是地板，榻榻米的日式住宅，為保持清潔，進出有脫鞋的習俗。常見我家老爺下班回來，進了玄關門，坐在地板上，慢條斯理地脫下鞋子，再褪下襪子，然後套上拖鞋才進室內。而我家小頑童穿著小木屐，「咔嗟、咔嗟」從外面回來，兩隻小腳丫一摔，就登堂入室。

它不僅適宜晴天、雨天，一年四季春、夏、秋、冬都可全勤。臺灣冬天不酷寒，不穿襪子穿木屐不會凍腳。盛夏時節，穿這種空前絕後的木拖板鞋，不怕把腳悶成臭腳丫子。常年穿木屐，汗腳、香港腳定會不藥而癒。

在小縣城，木屐很大眾化，日常生活不離腳。左鄰右舍鄰居們出出進進，街巷叫賣的小販，「咔嗟、咔嗟」木屐聲就如生活的協奏曲，清晨就響在四周。

孩子小的時候，就學會穿木屐。小小的木屐穿在小腳丫上，走起路來，發出細碎的咔嗟聲。他們在巷內門口和小玩伴玩，嬉遊脆嫩的笑聲和細碎的木屐聲，讓在門內院中工作的我知道他們的安全。準備晚餐時，傾耳門外熟悉的木屐聲寂然，正擔心小頑童們不知瘋到何處去了，卻有細碎的木屐聲「咔嗟、咔嗟」響自巷口，由遠而進門，我知道倦鳥回巢，小小羊兒回家來吃晚飯了。

那時，街巷內的小商店、小雜貨店都賣木屐，貨架上，或地上，擺著一排一排木鞋底兒，只有一條帶子鞋幫兒，空前絕後廉價的木屐。人人都買得起，隨時買得到，方便極了。還記得大約五十年代，黃梅調歌曲瘋狂了臺北城，大街小巷，家家戶戶的收音機播的都是「梁兄哥啊！……」的黃梅調。我下班回來，穿過一條眷區的小巷，聽那迴盪在巷內的歌聲，也一路跟著唱。那年梁兄哥凌波到臺北訪問，我和幾個同事蹺班，由青島東路的辦公室，到松山機場當粉絲。擠在人群中翹望大明星，猛古丁*覺得自己矮了，變成跛腳女郎。那天穿了雙高跟鞋，一隻鞋跟竟然擠斷了。幸虧松山機場附近的小商店裏買得到木屐，免去了跛行的狼狽。那天我手提高跟鞋，足登木屐，身穿旗袍，回到辦公室，成了同事間的笑談。而今，這種當年在我們生活中，無所不在的「木板拖鞋」，消失得無影無蹤！

我這輩子穿過很多種鞋：布鞋、皮鞋，在天寒地凍的東北家鄉穿過棉鞋。我相信鞋的穿著與地域、氣候有關。那年，回瀋陽讀大學，冬天，只見校園的雪地上，咯吱、咯吱走的人，不是穿棉鞋，就是長筒及膝蓋的靴子。在南方長大的我，趕快請同學陪我去買靴子。臺灣晚近幾年，時髦年輕人，冬天也穿靴子，那是流行，樣子貨。東北的小蠻靴可是外皮裏毛，防凍護腳物。

我也相信，鞋的穿著，與個人的經濟條件有關。兒時常聽祖母念叨：「窮得連鞋都穿不到。」抗戰時，大後方物資缺乏，加上公教人員待遇菲薄，讀初中時，學校與西南聯大的工學院為鄰，有一個月洞門互通，我們幾個小女生，出街常穿過月洞門，走工學院的校園。常見那些窮教授，一襲舊長衫，一雙寒酸的舊布鞋，挾書，匆匆而過。工學院的男生，有的穿了雙軍用大皮鞋，那是美軍的剩餘物質，流到市上的便宜貨。國難時刻，過著克難生活，大家舊衣敝履、甘之如飴。「木屐」也同樣的，伴著我們那一代，度過臺灣貧窮困頓的日子。直到經濟好轉，它才漸漸從我們生活中消失。而今，無影無蹤無覓處，放眼人人足下穿的是科技時代的產品，美觀、花樣多，逛街、逛百貨公司，看貨架上的高跟鞋，跟高得像踩「高蹺」。站在那鞋前我琢磨：「這高跟鞋怎麼穿呀？」可是現代人講究時尚、名牌。現在的年輕人，沒有穿過木屐，也沒見過木屐。就如他們渾然不知，臺灣是如何一步一腳印，走出了貧困，邁向現在的好日子。

刊於民國一百年年八月文訊

＊註：「猛古丁」為北京俚語，「突然」之意。

那段難忘的歲月

初履臺灣

「臺灣」在擁有莽莽森林、大豆、高粱遍地的東北大平原老一輩人的心目中，只是大海裏一座人煙稀少，物產貧瘠的島嶼。有些東北人還不知道有「臺灣」這個地方呢。

然而，命運之神這隻手，戰亂的洪流，卻把我推捲到臺灣，一住一甲子，落地生根，異鄉成了故鄉。初到臺灣，我是一個大學二年級的學生，丈夫是初出校門投入工作的新鮮人。

異鄉故鄉情

飽嚐戰亂之苦的中國人，在二次世界大戰結束之後，本應告別流浪、逃亡的日子，不再漂泊，重整家園，闔家團聚。誰知內戰又起，狼煙點遍大陸國境；民國三十七年冬，瀋陽城被圍城，我和丈夫在城外砲聲隱隱中匆匆結婚。在國共協商談判，暫停戰火的空隙間，到瀋陽渾河機場，搶搭最後一班軍用飛機，離開瀋陽，投奔卜居在山海關的娘家。那時，父親任職「山海關橋樑廠」廠長。父親透過老同學幫忙，安排我們暫到臺灣避戰火。那時，臺灣是唯一遠離戰火的世外桃源。

世叔任職臺灣林務局。林務局所屬的嘉義阿里山林場（今之玉山林區管理處）管理的阿里山，有一條登山鐵路——阿里山鐵路，世叔介紹土木工程系畢業的外子，到阿里山林場主管運輸及維護路線。

告別瀋陽，一路舟車勞頓，惶惶心情，到臺灣後都化為過去，卻是鄉愁的開始。生長在戰亂年月，童年就跟隨家人遍遷中國各地，但有父母呵護，姐弟相隨，不知孤獨無助的惶然。此刻遠離親人，人生地不熟，加上語言不通，有如聾啞人的不便。

到嘉義住了兩天的小客棧，搬到林場配給的宿舍，第二天就面臨了開門七件事的困境。冷灶冷鍋，沒有碗筷瓢盆的廚房，那天丈夫上班去，我一個人坐在四壁蕭條的宿舍裏發愁，求助無門時，院子外傳來「剁、剁」敲門聲。打開門，眼前站著一位笑容可掬的少婦，手裏的托籃中放了一盤青菜，一碟炒蛋，和一缽米飯，熱情的塞給我。她身後跟了三個小蘿蔔頭，臉上都掛著好奇的笑容，用像看外星人的眼光打量我。少婦嘰哩呱啦對我講什麼，我莫宰羊，我的國語她不懂，我們倆在比手勢、打啞謎中開始了芳鄰友誼，後來我倆成了閨中好友，她是住在對面同事的太太。

小縣城民風淳樸善良，我住的巷內共有十二家，守望相助如一家人。尤其對我及巷口那家河南籍的周太太照顧有加。平常贈送當地土產，自家種的蔬菜。我第一次坐月子時，隔壁的老阿嬤端來一鍋煮好的麻油雞。滿月時，左鄰右舍的主婦都來幫小女傭染紅蛋、做麻油雞，分送巷內的鄰居。入境隨俗嘛，我這外地來的小媳婦，沒有親人，巷內每家的婆婆媽媽都是我的媽媽、婆婆，教我做月子如何保養身子，如何育嬰，享受到異鄉的親情。

那段日子，讓我學會關心別人，體會到友愛、關懷他人，才能贏得友情，嚐到友誼的甜美。

小縣城的人們，不僅善良熱誠，還極有愛心和好客。每年陰曆七月間的一連串民俗大拜拜節日，當地人最為重視，家家擇日殺雞宰鴨、燃香設盛宴、拜天地神鬼，也請親友來吃佳餚。一到了陰曆七月，走進巷口，就飄來撲鼻肉香味，我們全家年年到拜拜日，都輪流被各家請去吃拜拜，還打包回來，下一頓不用開伙。常常叨擾芳鄰，接受贈禮，來而不往，非禮也！所以，我也常秀秀我那唯一會做的麵食廚藝；包餃子、烙餅分送芳鄰嚐鮮。南稻北麥，慣常吃米飯的臺灣人，當年很少吃到麵食，認為我的北方麵食是無比的美味。而現在走遍全島大都市．小城鎮，街上都找得到「餃子館」、「餡餅粥」，到廚房看看，主廚的師傅，不乏年輕的臺灣青年哪！

我的香格里拉

有一首很好聽的歌「香格里拉」，最喜歡它那幾句如詩如畫的歌詞：「這美麗的香格里拉，我深深愛上了它，愛上了它。你看那紅牆綠瓦……彷彿是妝點的神話。你看這柳絲參錯，你看這花枝低椏，分明是一幅彩色的畫！……」舊居，就是香格里拉。

告別嘉義，讓我最不捨的是那棟日式宿舍。在那棟宿舍，我過著飽經戰患後最安定的日子；在那棟宿舍裏，我由笨拙不懂事故的小媳婦，成長為通達人情幹練的主婦；在那棟日式房子，我享受異鄉鄉情，渾然不知身在異鄉為異客。

這棟房子沒有紅牆綠瓦，沒有柳絲低椏，但寬廣的後院，遍植果木，那是前屋主種植的，有蕃石榴、木瓜、芒果、香蕉、龍眼。客廳前小院子裏有一泓水塘，小小的假山坐落其中。飯廳前小院子裏有瓜棚，年年絲瓜纍纍。玄關通往大門的石徑兩旁，野花野果自展花顏。有時我和丈夫會感嘆：日本軍閥把中國人打得無家可歸，日本人卻在臺灣過著雅致的生活。

推開矮院門，右牆邊傍門而立的是一棵枝葉茂密，綠蔭滿地的龍眼樹。這棵樹在我的小文中，曾被我稱為「友情樹」。在這棵樹下，鄰居常齊聚談天話家常，互通款曲，吐心中塊壘。小販來樹下歇擔，總有人吆喝走告來買物美價廉貨品。樹下更是常傳來童言童語、清脆稚嫩笑聲。而我家那矮門扉，雖設而常開，孩子的玩伴登堂入室如走自家門庭。在忙家務的我，總是只聽見小木屐的嘎嘎聲，卻不知是誰家的孩童。這些孩子的玩伴是來看後走廊地板上散放著的《大嬸婆》、《諸葛四郎》、《牛伯伯牛小妹打游擊》漫畫書；是丈夫出差臺北，給孩子們帶回的精神糧食。有時，後院傳來快樂的喧嘩聲、探首落地窗外，孩子們和他們的玩伴，都騎坐在矮番石榴的枝椏上，津津有味的吃著摘自樹上的果子。

在嘉義住了十年，吃臺灣米、喝臺灣水、說臺灣話，除了笨嘴笨舌的丈夫鄉音不改，臺語是我家的母語，儼然是臺灣人。搬到臺北，好一陣子孩子們嚷著回舊居，我夜夜夢回嘉義，那是我的第二故鄉。

刊於文訊

小橋　流水　垂楊柳

盛夏的灼陽，刺烤得我睜不開眼。坐在候車亭內，揮著手中的書才有些許涼意。望著眼前灑滿陽光的新生南路上，車如流水般地穿梭往來，驀然間，昔日的新生南路浮現眼眸。

我曾是新生南路的住戶，算算大概有三十多年前了；三十年河東，三十年河西，滄海桑田，昔日這段新生南路，曾是小橋、流水、垂楊柳的極富鄉野景色的馬路。

相信現在的年輕人，很難想像臺北這個繁華的大都市裏，會有如此優美的街道——一條圳流，潺潺流過馬路中心，蜿蜒流向遠方。圳道的兩岸遍植楊柳樹，隔不遠就有一條小石橋橫跨兩岸，以利行人往來。這條圳就是瑠公圳。

那年，我們由南部搬來臺北，落腳在這段風景似畫般的地方。又正逢臺北陰雨綿綿的二月天，整日細雨飄灑。走在馬路上四眺，遠遠近近煙雨濛濛。撐著傘出門，走上小橋，常停下來，憑欄欣賞眼前如江南春雨的美景。

那時瑠公圳已經沒有「灌溉」的功能，但卻有排污水的作用。因為是流動的活水，沒有臭水溝的怪味，圳水也清澈得圳底卵石清晰可見。傾向圳面的柳樹，柳枝兒婆娑輕浮水面；這似曾相識的景緻，讓我佇立良久，心中有股淡淡的鄉愁。在南部，慣見檳榔樹、香蕉樹、木瓜樹，很少見到柳樹的蹤影。而家鄉卻柳樹處處。

新生南路上，有很多街巷；臨沂街，連雲街，溫州街……住久了，摸清楚這一帶住了很多大陸來臺的異鄉客。就以我家住的這條巷子數起，第一家是金素琴，金素琴是當年紅遍上海灘的青衣祭酒。她在臺北過著半隱居的寓公生活，國有慶典才貼戲演出，平日吊吊嗓子，和戲友清唱，打打牌。因為住在緊鄰，常會聽見她甜美的唱腔，絲竹之音，和洗牌的聲音。第二家是當年演《養鴨人家》一炮而紅的唐寶雲的夫婿戚家。那時唐寶雲還未成為電影明星，正談戀愛期，出出進進還是清純可愛的小姑娘。對門另一家，整日朱門深鎖，是位官居要津的將軍。巷尾一家是一言九鼎、東北籍的立法委員，堪稱為名人巷了。是否因臺灣大學在附近，常看到樸素、洋溢著青春活力的大學生，騎著單車疾駛而過。最記得有一次穿過臨沂街，走著走著耳畔傳來絲竹聲伴著戲音。凝視靜聽，那不是《鎖麟囊》嗎？忍不住駐腳聽下去。那是一個寂靜的午後，長巷寂靜杳無人影，戲詞聽得很清楚，那悲悲切切的戲詞好熟悉啊！多年前的往事都浮向腦海。

父親雅好皮黃，公餘之暇自拉自唱、怡情自娛，有名角貼出好戲，必是座上顧曲周郎。他帶著祖母、母親、姐姐和我去聽戲。稚齡的我，不懂戲中故事、戲藝的表現，只喜歡那種熱鬧，彩色繽紛的氣氛，和半夜醒來，躺在母親懷裏的溫暖、沉沉睡去的舒適。而今，彷彿一晃間流光如梭，我由小女孩為人妻為人母，身在異鄉。那時我到臺灣已十年，兩岸音訊斷絕，親人生死兩茫茫，聽戲思往事，不禁悲從中來，倚牆垂淚滿衣襟，要不是怕驚動巷中人家，真想大聲痛哭！

在南部一住十多年，從來沒有獨在異鄉為異客的孤獨感。儘管左鄰右舍整條街巷住的都是當地人，但這些異鄉的街坊都以憐憫同情的心對待我們，異口同聲說：「莫簡單，隔海坐船來！」我被他們的友情包圍著。孩子們和小朋友說臺語，我也學會了閩南語，和鄰居街坊互相往來打成一片，活在異鄉的鄉情裏忘了身在異鄉是異客。許是臺北是首善之區的大都市，到臺灣來的人，多落腳臺北，在當年的新生南路一帶，有時可以聽到清脆的京片子國語，和吳儂軟語腔的國語。為能與這些外鄉人溝通，菜市場賣菜的老闆國語話都琅琅上口。到菜市場買菜，有時我會「秀」一下我的臺語，老闆一聽猜著我是南部來的。孩子們在學校，老師問孩子說，你爸爸是外省人，你媽媽一定是本省人。因為孩子們講的國語有臺語腔。

的確，一個地方住久了，異鄉也成了故鄉。去國二十年的大兒及大媳婦，每次回來，一下飛機，就想著到通化街夜市去吃「蚵仔煎」、「魚丸湯」的家鄉味。因為他們生長在臺灣，在臺灣度過童年，青少年時期，心中永遠繫念著這裏，懷念著生長的地方。

同樣地，滄海桑田可以改變地貌，卻抹不去深藏在心底的記憶。住在新生南路這段歲月，我享受過它那小橋、流水、垂楊柳的美景，也曾飽受過葛樂禮颱風過境的驚嚇。伴著么兒由幼稚園，走向小學的大門。我又走入職場，重作職業婦女。家鄉既然不能歸去，我們死心塌地的落地生根，把這塊土地當作故鄉。

在這條新生南路上，我的記憶裏有太多的陳年往事；記憶最深刻的，是兩人帶著孩子們，深夜由南陽街走回新生南路住處的壯舉。在那個生活儉樸的年代，沒有電視和諸多的聲色之娛，除了看電影，偶爾會去欣賞話劇。

「話劇」是我和丈夫的最愛。當年我們在學校讀書都粉墨登場過，尤其他，中日戰爭時，他曾多次演出愛國的「街頭劇」。記憶中，只有國軍文藝活動中心，和南陽街的新南陽戲院偶爾上演話劇。是懷舊？是重溫舊夢？每有話劇演出，我倆在週末帶著孩子興致勃勃的去觀賞。對還是童年的孩子，他們看的是故事，對我和丈夫卻是「藝術的欣賞」。那時的話劇演員已不是演技生澀的學生，而是當時的電影明星們客串演出。如曹健、錢璐、穆虹、張仲文等，這些人都是當年大名響噹噹的大明星。有一次上演《清宮外史》，還特別約香港有名的唐若青女士來客串慈禧太后。他們的演技已經到了爐火純青的地步，舉手投足都是戲。觀眾看得鴉雀無聲，場場客滿，連過道上都坐著觀眾。

話劇散場時，大多時間已是午夜。一次散場後，他興起帶著我和孩子在附近小吃店吃些消夜，一磨菇，出來公車已收班，三輪車也無蹤影，我們都傻了眼。他問孩子們：「咱們走回去好吧？」孩子們聽了，眼睛一亮，欣然答應，於是我們這支「家庭夜行軍」，走進朦朧的夜色深處。

五十年代之初，臺灣的經濟還未起飛，街燈昏暗，但治安很好，我們心中無恐懼，享受午夜安步當車的悠閒。走進仁愛路種有大王椰那一段路上，長街寂寂，杳無車聲人影，只有天空的月兒相隨，椰樹的婆娑葉影投射在路上，讓人有詩情畫意的感覺。那是我此生中經過的最奇異的夜晚；孩子們手牽手，邊走邊吱吱喳喳地笑語，我倆攜手跟在後面，默默中，我感覺有點淒涼，也有些許的浪漫情懷。淒涼的，是兩個異鄉人，在臺灣舉目無親，卻安居下來，立業成家。在物資缺乏的大環境中，居陋巷，布衣粗食，在家用拮据的日子追求些小小的生活享受和樂趣，看完話劇，吃點消夜。沒想到無車可搭回家，竟然有豪興在夜深沉的午夜踏月歸去。那一夜，他摟著我的肩，年輕時初識的溫柔甜蜜重現；在多年平淡庸俗的柴米婚姻生活中，這種浪漫幸福的感覺很久沒有了，一路上兩人默默無語，卻是心有靈犀一點通……。

游目四眺，而今，眼前的地貌變得陌生又繁華，找不到昔日的景物；在新生南路和信義路的轉彎處，當年那棟簡陋的「國際學舍」已改建為高樓。很少人知道當年它曾有過輝煌的時代：大型的籃球比賽，熱鬧的書展，中國小姐選拔……。再過去的大安森林公園，舊址原是一片陋屋小巷的違章建築，住著一群浪跡臺灣的異鄉人。現在，這些人已他遷，此處被營建成一座林木蓊鬱、一片蒼碧的都市公園。

當年的小橋、流水、垂楊柳馬路早消失，瑠公圳隱入地下，新生南路舖建成一條現代的大馬路，車如流水般淌著。

「滄海桑田」，作為臺北市的資深市民，眼看這個都市矮屋變高樓，窄巷變馬路；看它在安定中由儉樸的城市邁向繁榮，成為現代的大都市！對它，我有著故鄉的情懷和眷戀……。

遠遠地車來了，招手跳上去。哦！好舒服，嶄新的車廂，適度的冷氣，一身燥熱頓消。坐在座位上，看車窗外移動的街景，享受這段舒服的旅程。

刊於民國九十三年十一月二十七日
中央副刊

遙想SOGO當年

坐在太平洋百貨公司二樓的咖啡座，各點了一杯香醇的咖啡。那咖啡的香味隨著蒸氣飄向鼻端，好香！我深深的吸了一口氣，身心剎時輕鬆下來。座位靠著窗口，窗口下是繁華的忠孝東路，我閒閒地憑窗俯眺。臺北好天氣的冬日，如十月小陽春般溫暖舒適，陽光透過玻璃窗照在我身上，讓我全身懶洋洋。臺北街頭多麗人，在人來人往的行人道上，一些渾身散發著青春氣息的小妞們、少婦們，已迫不及待換上展露身材的春裝，曼妙娉婷走過，讓我不看也難。在車如流水、俗人滿街的繁華忠孝東路，有她們的身影，增添了些許美麗風情！我啜了一口咖啡，在此偷得浮生半刻閒，看看街景，也是美好的享受。

「這一帶越來越繁華了，我們以前住的地方，不仔細去追尋，還真不知道在哪個方向。」外子喝著咖啡，又憶舊了。

「我們現在坐的ＳＯＧＯ所在地就是咱們以前的住家。」我有些感慨的回答他。

是誰說的，年輕人喜歡想將來，老年人喜歡想過去，我們這對老夫老妻過著空巢日子，又是告老回家、頤養天年的退休族，有的是時間，常常狂逛街，看看百貨公司，吃吃小館子，喝喝咖啡，以遣空閒的日子。

也許這兒是臺北最繁華的地方，也許我們年輕時曾在這兒住過，出了門就選擇到這一帶蹓達蹓達。其實喜歡到這兒，不是找尋昔日的足跡，這一帶已看不到從前的風光景物，景物全非。

三十多年前，這一帶是臺北市的邊緣地區，滿眼所見是鄉村景色。

第一次來時，我和外子坐了三輪車，手裏捏著服務機關配給我們宿舍地址的小紙條，我們是來看新居。

三輪車由新生南路的住處出發，穿大街走小巷，越走越荒涼。由平坦的馬路，到碎石子路，又行過塵土飛揚的泥土路，一路人家稀少，多是違章建設的陋屋，我發愁的嘀咕：「住在這種鄉下地方，上班上學怎麼辦啊？」「不用擔心，單身宿舍也搬來，會有交通車可坐，上班不成問題，孩子們轉學好了。」他用一慣「船到橋頭自然直」的態度面對未來問題，雲淡風輕的安慰我。

在忐忑不安的心情中，三輪車霍然停下，車伕指著路邊那一排新蓋的房子說：「大概就是這裏？房子前面修馬路，過不去，你們下車走過去吧！」

我跨下三輪車，仔細打量這排新建築物，啊！好漂亮的一棟棟港樓，牆壁上褐色的瓷磚，在中午的陽光照射下，燿燿發光，朱門殷紅，它就如鶴立雞群般聳立在稻田旁。我滿心歡喜，不再考慮學校遠、沒有菜市場，決定喬遷新居。

搬來時，春節剛過，春的腳步姍姍，空曠的地方，天氣彷彿特別冷，我們除了上班上學，多數時間閉門蟄伏在屋裏，午夜夢迴，萬籟俱靜中，只聽得外面的風吹著路旁電線桿的電線如哨子般鳴響，聽得我心中好淒涼。

港樓共住十餘家，兩家住一棟，我們住樓上，左鄰右舍都是同事。只因這一帶人煙稀少，我們好像被流放到孤島的一批。

春天終於來了，它先出現在門前的草地上，染綠了大地，現身水田裏。每家小孩子都出來了，在草地上奔跑放風箏、玩球。小狗跟在後面汪汪叫。風兒也溫柔了，第一次站在二樓的陽臺上閒立，才發現這一帶別有洞天；遠處青山脈脈，近處綠禾漫漫，附近那叢竹林中還有一泓小溪，遠來的火車常常穿過竹林。

剛搬來時，生活的確手忙腳亂了一陣子；冬日日照短，為了趕上班上學，我天不亮就起床，弄早點、裝便當，送孩子們出門後，到附近只賣半天菜的簡陋小菜攤買菜，接著趕交通車。下班回家已是夜色蒼茫，萬家燈火了。我對住臺北市區的同事說，住在郊區，日子過得好累，可以用「披星戴月，衝鋒陷陣」來形容。

事實上，住在這兒，除了交通不便；公車只有一路，半個小時一班。購物只有小雜貨店。但卻有另一種生活情趣，春去夏來，晝長了，早上起來清晨的空氣帶著泥土和草的芬芳味。小菜場地攤上擺的青蔬，剛摘自田中，枝葉上還掛著亮晶晶的露珠兒。晚飯後，夕陽在天際染滿霞光，我倆相伴稻田隴上散步。夜晚坐在陽臺上乘涼、看星星，門前草地上的草叢中有螢蟲翩躚。夏雨過後，蛙鳴陣陣。混跡在都市裏討生活的人，很難享受到這種田園風光和情趣。我倆都生長在戰亂時，有學校遷往鄉下避敵人轟炸的經驗，觸景生情，共憶少年的糗事、樂事，和不知愁的淘氣往事，彷彿又年輕了。

就在這都市的鄉村生活中，週遭有了變化；復旦橋通車了，臺視大樓遙遙在望，光武新村動工，忠孝大廈，香檳大廈……；一棟棟高樓，如雨後春筍般聳立冒出來。

而至今難忘的是「大水淹東區」。那些年夏天颱風頻仍，我們住在港樓的空曠地區，每當颱風時，風雨交加的撲向港樓，嚇得我徹夜難眠，怕不測的災難降臨。孩子們不知愁滋味，大兒子還給我們住的二樓起了個很詩意的名字：「迎風樓」。當附近高樓連棟起，我心中暗喜，雖然遮擋了遼闊的視野，但也是港樓的屏障，減輕了颱風的威力。但卻又有了新的煩惱——淹水！颱風豪雨淹，素日的大雨也淹，每到雨天，我都帶了簡便的雨鞋上班，以備下了交通車換上雨鞋涉水回家。有一次和住田舍的老農夫妻閒聊，談到淹水之苦，二位老人家說：「厝起太多了，以前攏沒淹水過。」最厲害的一次，是五十四年歐珀颱風來襲，入夜風狂雨急，樓下的鄰居敲門上樓躲水災。早上起來跑到陽臺四眺，哎呀！一片汪洋，稻田不見，路樹成了水上浮萍，只露出樹梢！後來聽說這次的水鄉澤國一直漫淹到南京東路！最慘的是洪水遲遲不退，冰箱裏的存菜吃光，樓下芳鄰養的雞搶救不及，都淹死了，我們二位主婦認為淹死的雞不是瘟死的雞，丟掉可惜，快馬加鞭宰殺乾淨，塞到我家冰箱冷凍庫，有三天我們倆家人頓頓吃雞大餐；紅燒、清蒸、白斬，吃得大家倒胃，我至今見雞沒滋味。

事後查出，這場大水災是瑠公圳惹的禍；沒有加蓋的瑠公圳，被任意拋棄的垃圾淤塞。現在瑠公圳已隱入地下，稻田沒了影兒，青山被高樓遮沒，復旦橋都拆了，改建成四線大馬路。昔日我坐在這兒的二樓陽臺看山看水，而今坐在原址的二樓咖啡座看馬路上人車熙攘，紳士淑女穿梭；彈指三十多年，人已老，景物也全非！

喝咖啡時冥想之際，想到臺灣一直承受兩大天然災害：一是地震，一是颱風。住在臺灣半世紀多，我看到臺灣的居民，地震後在廢墟上重建家園。颱風洪水後，在泥濘瘡痍中恢復家園舊時貌。在荒蕪的村野裏，經營出一個繁華都市。臺灣，我為這塊土地上的人驕傲！

刊於民國九十二年五月二十四日

中華副刊

回北京小記

睽別近十年，我才又回到北京。

十年前，我是臺北—香港—北京路上的常客；探親、旅遊。那時步履矯健，經常是拉著簡單的行囊，自由來去。而今，卻步履蹣跚，借助輪椅出入機場，我已老邁。

到北京機場，自有那溫柔體貼的服務小姐，熟門熟路推我前行。我，卻以陌生人的眼光，驚艷的感受，在通往出境大廳的道上，像劉姥姥初遊大觀園；左顧右盼，目不暇給的看這座嶄新機場沿途風景。

古人說三日不見，刮目相看；何況「十年」？我置身的機場已非舊時貌，它是世界奧運下，最現代化，最新穎產物！

游目四周，機場大廳寬敞明亮又壯觀，設計處處展露「美學」藝術，還融入中國古蹟的傑作「秦俑」（兵馬俑），幾尊人高的「秦俑」佇立在迎賓道上，增添了這個機場古典與現代中國獨特的景觀！我問推輪椅的小姐：「這是首都機場？改建得好漂亮！」「不，這是新建的國際機場！」小姐露出得意的笑，很禮貌的回答。

猶記第一次回北京探親，是在一九八八年，開放大陸探親的第二年。我迫不及待的回北京探視還健在的父母。那時還沒有直航，丈夫陪我由香港轉往北京。偌大的機場大廳空蕩蕩，暗沉沉、靜悄悄。穿著灰撲撲中山裝稀落的旅人，和機場內設備的簡陋拙樸，讓我這來自機場已現代化，又經過國際都市香港機場的臺北歸鄉人，直覺這個已暌別近四十年的中國依然在貧困中打滾。對照眼前，往來旅客衣鮮履潔，形形色色的打扮穿著，以及來自世界各國族群不同的旅人，證明這個機場是個國際大機場。兩相對照，我有著脫胎換骨的感受。

儘管大陸開放探親之後，我年年總有幾回返北京探親。但十年未再回去，行前卻有「近鄉情怯」的心情。昔日那種載歌載舞、小鳥歸巢的歡欣不再。只因父母都已駕鶴而去，我已無巢可歸，人事已非。一路上懷著世事滄桑淒涼的心情，和盼見手足的期待。來接機的是三弟帶著兒子開車而來。取了行李出境，他們已鵠立出境道上向我揮手。

坐上姪兒的轎車，直奔北京城。一路上三弟叨叨的向我報告：「大姐兩天前已到北京，由昆明市坐一天兩夜的軟臥火車。四弟帶著妻子和兩個兒子，由洛陽開車來，二弟因中風不良於行，坐輪椅諸多不便，只好不來。小妹兩天前已由天津來北京，住在女兒家。此刻，大夥都在旅館裏等二姐（我排老二）。」

我們姊弟妹散居各地，這次由住在北京的三弟張羅安排別離快十年的姊弟妹聚會。

談話間，我仔細的打量三弟，他已塵滿面、兩鬢染霜。不過氣色還好，不似往昔的憔悴。

再瞄看前座開車的姪兒，健壯高大、意氣風發的開著車，在往北京城的道上奔馳。車子是「賓士」，看樣子，他們的生活已入佳境，讓我寬心又安慰！

放眼窗外，一路上處處高樓矗立，離開機場有很長一段路白楊樹成排，似衛兵佇立迎接戰將歸來。讓我想起第一次回北京的時候。

那次到北京是夜晚，入境後坐進旅館派來迎客的小麵包車。我上車時已客滿，來接機的大弟悄悄的告訴我，那些人都是「黃魚」。我和丈夫是香港來的稀客，司機趁這個機會賺幾文「外快」。因此，沿途放下搭便車的客人，我得以看到北京的夜景。

一路上，我凝視車窗外的街景；路上寂靜冷清，街巷陰暗，偶爾道旁佇立昏黃光亮的照明路燈，車行全倚仗車燈和天空中的下弦月灑下來的月光。

「哦！好靜。」看看腕錶的時辰，不過晚上九點多。

「哈，北京沒有夜生活。」大弟懂我的意思，帶著乾笑，有些不好意思。

我想起童年時，第一次到北京，跟家人下榻一家客棧（旅館）。一天清晨醒來，自己站在門口看街景；只見遠遠踱著慢步移過來駝煤的駱駝隊。駱駝脖子下的駝鈴響著叮叮的鈴聲，從我面前經過，我驚奇的睜大眼睛，以為到了童話世界。那晚，我又有那種感覺。

而今，侄兒的「賓士」車，奔馳在高速公路上，路兩旁高樓大廈，由石板路，到月夜暗巷，而今高速公路，這個千年古城，在半個世紀來蛻變的神速，讓我心驚，恍恍惚惚摸不清自己置身何國？

下榻的地方是十年前常回來的舊居所，離父母和三弟的家很近。它已非舊時貌，由簡樸的「幹部招待所」，改建為十二層高樓的「星級」飯店。住客、房價都不同了。

當晚，三弟、小妹設下「家宴」為大姊、我、四弟遠道奔回的人「洗塵」、慶團聚！席設在一家江南風味的蘇杭觀光飯館。長輩、晚輩各一桌，座無虛席。菜品精緻，還「擺譜兒」，每人獨吃，一小碟一小碟上菜，三弟帶了紅酒。年輕人的一桌笑語喧嘩。我們這桌老人家自然是憶昔日、論今朝，唏噓中有感慨、歡笑。佳餚一道一道上來，一小碗鮑魚粥端上來，坐右邊的小妹殷殷勸食說：「這家館子鮑魚粥很有名，二姐嚐嚐。」剎時，腦中浮現出父親乾癟的嘴，咀嚼著「東波肉」的畫面。

初次回去，大陸還處在經濟窮困的「一清二白」的境況中。海外歸鄉的人用的是「外滙券」，購物可以到「友誼商店」買當地人買不到的東西。上館子可以點「高檔」菜餚。是優待，也是特權；臺胞被視為貴客上賓。我第一次回去探親，皮包裏放著「三大件，五小件」家電的香港訂單。貼身的腰帶中放著成串的金戒子。每次回去，我都請家人吃幾次「團圓家宴」。

第一次「家宴」父母還健在，但都已高齡不良於行。宴席訂在離父母家不遠的地方。鮮少出門的母親選擇不去，尚能蹣跚行走的父親，被大弟推著腳踏車，辛苦的一步一步到飯店。因為那時除了公車，找不到任何交通工具。那天的菜色最美味的佳餚是「東坡肉」，父親用只存幾顆的牙，辛苦的咀嚼著「東坡肉」。想到這段往事，眼淚差點奪眶而出掉在「鮑魚粥」裏，心底有股「子欲養而親不在」的哀傷！雙親已去世多年。

席散後回到我下榻的飯店，雖然樓下大廳有附設的咖啡座，為了聚談方便，仍回到我的房間。為了姊弟們相聚方便，我訂了一間有客廳的大房間。我們手足一輩子，因生逢戰亂，總是聚少離多；父母帶著小的東搬西遷，大的隨著學校逃躲戰火。大家結婚成家後，又各奔東西，垂暮之年會面，最珍惜的是相聚時光。那夜，我們煮茶夜話；童年往事，年少糗事，別後滄桑，我和他們四十年的音訊渺茫，都有一籮筐的回憶。唏噓、感嘆、笑聲中有淚影，不知夜已深沉。

馬不停蹄的酬酢瑣事，直到臨別前一天才抽空去看看「北京城貌」；到昔年父親、母親住過的故居，那兒曾是我陪雙親度過最後的一段日子的地方。中午的巷弄裏靜悄，街道都似曾相識，也許小市場貨物多些，小吃店門面光鮮些。不遠的大街車水馬龍，高樓林立，巷內的人家認命的過著簡樸的庶民生活。巷口有個書報攤，走近瀏覽片刻，陌生的簡體字。我買了一份「人民日報」，一本「小說季刊」帶回臺北，得空「猜讀」兩岸文化的面貌。

走出巷口，回首向小巷投下最後一瞥：「北京，再見！我這個故鄉的異鄉客，明天將歸去。」

刊於民國一〇一年二月四日

中華副刊

南腔北調

有一次，和小外孫同看清宮歷史連續劇。有一個場景是女主人走進自家開的「當鋪」裏，對著空無人影的櫃檯微慍的喊：「有喘氣兒的嗎？」接著一個小夥計跑出來，對女主人彎腰誠惶誠恐的說：「小的在……。」

小外孫咯咯的笑：「有人叫喘氣的名字？真好笑！」我也噗哧的笑了，向他解釋：「不是名字叫『喘氣的』，是罵：『人都死到哪裏去了的意思，因為人死了，就斷了氣，不能喘氣了。』」他不明白，罵人就直接罵好了，何必繞圈子？他不知道北京人講話，有時很文藝的，罵人不帶髒字眼，很俏皮。

南腔北調　各說各話

兩岸開放交流，大陸很多清宮歷史故事，和鄉土味連續劇在臺灣電視上出現，劇中臺詞，有些讓慣聽標準國語和臺語的小外孫聽不懂、猜不著。但對我這少小離家鄉的東北人聽了十分親切。不管劇情演技中不中意，是每齣的死忠觀眾。宛如他鄉遇故人，只為聽那「鄉音」。

但我至今納悶；只看到大陸「北方話」的電視劇在臺灣上演，卻沒有「南方話」連續劇在臺灣電視上出現。

大陸地域遼闊，分很多省份。每個省區各有各的家鄉話、方言。又分北方南方：黃河流域南北一帶稱「北方」；長江流域以南，是南方。

我從幼小時，因父親工作的關係，又生逢戰亂，時時搬遷，住過很多地方。每到一個新的省份，出了家門，面對當地人是個有耳不能聽、有口難言的小呆瓜；因為聽不懂對方說些什麼，飽受語言的困擾。在北方還能很快適應，北方人講話除了腔調不同，遣詞字音差別不大，容易猜得懂。南方話不僅腔調有天壤之差，遣詞字音，讓北方人聽了霧煞煞。

京片子　吳儂軟語

以北京人來說，講話多捲舌音，咬字清楚，聲音清脆，人稱「京片子」。江南上海一帶，略有鼻音，語調輕柔，所謂「吳儂軟語」，聽起來很溫柔。川、滇人講話，口腔音重。兩廣地方鼻音很濃，加上獨特的字音，講國語也難懂。小時候常聽祖母說：「天不怕，地不怕，只怕廣東人說官話（國語）」。

除了腔調不一樣，字詞更是五花八門，各有自己的發音和用意；譬如北京人說：「我不知道」。上海人卻是「儂勿曉得」。北方人說「怎麼弄的」。四川人說「郎格搞得」。西南有些省份「聊天」說「擺龍門陣」。「鞋」發「孩」音；「鞋子」叫「孩子」。我們東北人「打扮」說「搗拾」；「搗拾搗拾」就是打扮打扮。看熱鬧是「賣呆」，看呆了之意。凡此種種的語言，要猜出其意也難！

最尷尬的是會錯了意；表錯情，鬧笑話。

有一年，母親領我們姐弟路過長沙，中午到飯店吃午飯。因為是初來乍到的過客，聽不懂當地的鄉土話，母親只得揣測對方的意思，用搖頭、點頭來回答。菜端上來，全是辣得舌頭發麻的菜色。母親質問夥計，為何每道菜都是辣的？雙方「雞同鴨講」說不清楚。後來找一位懂北方話的客人代為解釋；原來長沙人嗜辣，每道菜都放辣粉，如不吃辣味，要先聲明「免紅」。夥計曾問母親，母親搖搖頭，端上來的菜全辣的難以下嚥，只有湯沒放辣粉。那頓午餐只有吃「湯泡飯」。

二戰時，為躲避敵機轟炸，我家搬到昆明、大理之間一個偏僻的小縣城。租住的民房房東是當地的鄉紳，很儒雅健談。他來收房租時，不說收房租，說是來「擺龍陣」，聊天之意。第一次他來，向祖母母親打招呼說：「我來擺龍陣嘍！」祖母一愣，悄聲問母親：「什麼？這老頭子來打架？我們又沒惹著他。」在一旁的我們姐弟，聽了哄堂大笑。原來祖母武俠小說看多了，武林高手相鬥，常擺下暗藏玄機的龍門陣，以決勝負。祖母誤以為「聊天」的龍門陣，是「比武」的龍門陣。

當年弟弟和我年紀小，耳聰口舌靈活，學話快，做一陣子啞巴小瓜呆，不久就如百靈鳥般，嘰嘰喳喳和小玩伴打成一片。可憐年邁的祖母，耳朵不靈光，嘴皮子舌頭僵硬，牙牙學新語，比登天還難。他稱南方人是「南蠻子」，常嘆「這些南蠻子的話真難懂」。在缺親友少故舊的異鄉，因為語言的障礙，過著幽居寂寞的歲月，更加思鄉情殷，時時盼望能歸故鄉。但卻因為戰亂有鄉不能歸，客死他鄉。

鄉音未改

因為戰亂，逼迫很多安土重遷的中國人，遠離家鄉，成了處處無家處處家，浪跡異鄉的人。臺灣在戰亂期間，湧進大批避難的大陸各地區的人，造成語言大匯集的地方。在很多集會場合，常會聽見各種鄉音的普通話（國語）。

有一次和閨友打小牌，四個人都是幼稚園級，出牌慢。那把我摸到一張好牌，讓我難以取捨，舉棋不定，對家催：「郎格搞地！快點！」右手催：「該儂嘍！」左手溫柔的說：「沒要緊啦，慢慢來。」我盯著研究牌：「讓我琢磨琢磨。」四個人打得入神，鄉音都出來了。這種南腔北調的場面，只有臺北可見到。

還有一位閨友告訴我，當年和丈夫談戀愛時，還是男朋友的丈夫要送她鞋子，對她說：「我帶妳去買孩子。」「買孩子？」她嚇了一跳。原來湖北籍的丈夫鄉音未改，依然把「鞋」音發「孩」音。唐代詩人賀知章詩：「少小離家老大回，鄉音未改鬢毛衰。」在臺灣現在有很多少小離家，鄉音未改、鬢毛早衰的外省人，羈留寶島，以「異鄉」為故鄉了。

你會講臺語？

我初到臺灣住在南部一個小縣城中。當年這個小城民風樸實，外省人很少。我住的眷區宿舍，整條巷內左鄰右舍清一色是本省同事家。

記得初到的第二天，丈夫去上班，我一個人呆坐在榻榻米上，四顧空蕩蕩的新家；滿地落葉的院子，靜默佇立的不知名的各種果樹，舉目無親的孤單湧上心頭，發愁往後的日子不知怎麼過？

幸虧小城的人熱心又善良，以血濃於水的同胞情對待我。朝夕往來，教我這個剛出校門，只摸書本遠庖廚，不知家務瑣碎的小媳婦，成為會煮麻油雞，包肉粽的能幹主婦，也學會說「臺語」。

在南部，我家是雙聲帶外省人，孩子們都說臺語，不太懂臺語的丈夫由我做翻譯。搬到臺北後，臺北會說國語的多。尤其我住的新生南路一帶，是外省人住戶多的地方，連菜市場的菜販子都說國語；因為買菜的多是鄉音難改的外省主婦。買菜時，我偶爾「秀」幾句臺語，老闆眼睛一亮，問：「你艾要供臺語?!」立刻如他鄉遇故人聊起來，臨別還塞一把免費的青蔥給我。

友誼的橋梁

語言，是與生俱來的本能，「言為心聲」也是人表達心情和心意，人與人溝通的能力。藉由語言，人們相互瞭解互動。但是語言多元化，為了免於淪為自我封閉的井底之蛙，要有共同的語言。

我一直肯定當年政府推行國語，百川納大海，已有文字可代表的「國語」，做為大家共同的語言，猶如在這座島上建築了一條友誼的橋梁，不管來自何省，彼此都能溝通、了解而惺惺相惜，締造一個和諧、溫馨，處處有人情味的和樂社會。

二十一世紀是個「地球村」的時代；我們學習外國語文，外國人也學習我們的語文。現在「華語」正夯，在師大國語中心教中文的女兒說；她的學生來自世界各國，這些學生不僅學習語言，還熱中於探索這個神祕美麗的地方，透過我們的語言和文字，他們會更深刻的看到我們文化藝術獨特的優美。

刊於民國一〇一年二月二十八日

聯合副刊

第四輯　藝術文學

山珍、海味、青蔬米飯，可以裹腹，但要活得有滋味的物質，卻是藝術和文學。

一首歌、一幅畫、一本書都能讓平淡的日子有了彩色。

圍爐吃出年味兒

臘鼓頻催，家家戶戶忙過年。但現在是經濟繁榮的社會，一切可以用「錢」解決——清掃，找清潔工；春聯，市面上買得到；年夜飯，訂在飯店裏吃。家庭主婦不必忙得團團轉。

但傳統的中國年，全仗主中饋的家主婆安排，她們營造出年的氣氛，也製造年的美味。我忍不住憶起家鄉東北的過年。

除夕晚上，備了許久的好菜登場：白肉、血腸、凍豆腐、酸菜、粉條，這是東北的酸菜粉火鍋。這些年在臺灣也闖出字號來。

東北的火鍋有一個特色：裏面沒有新鮮蔬菜。因為東北位於亞寒帶地區，冬季瑞雪常飄，天寒地凍，大地上寸草不生。火鍋裏的材料酸白菜，是秋末以山東大白菜醃漬的；而白切肉、血腸、凍豆腐早就凍存在院子裏的大缸內。

因為戶外天地間，攝氏零下三十度左右，是酷寒的天然大冰庫。而蘸的佐料也沒有一絲絲綠意：有韭菜花醬、蒜泥、醬油、麻油、蝦油。

遠遊的家人都回來了。年夜飯時全家圍坐在火鍋四周，吃美味，喝白干，話家常，任是門外北風呼嘯，室內爐火熊熊，火鍋熱騰騰，散佈著親情的溫暖。

年夜飯吃完，家主婆的重頭戲還在後面——包午夜接財神的餃子。

東北人喜歡吃餃子，也有地緣和氣候的關係。北方出產大麥，以麵食為主。餃子味美，餡兒隨意，葷、素、甜棗都可以。在冬季更易於冷藏。

童年時，每當快除夕時，會找一天全家總動員包餃子。那時我家是四代同堂的大家庭，包餃子的陣容很大，包括祖母、母親與眾家妯娌，以及姑姑等人，有時小叔叔客串擀皮的。

我們小孩子跑出跑進，幫忙把餃子拿到院子裏冷凍。滴水成冰的酷寒氣溫，一瞬間就把餃子凍得像石頭塊兒，擲地有聲。那時沒有冰箱，凍了的餃子冷藏在院子裏的瓦缸內，可吃到正月十五。

但是接財神的餃子，卻要在除夕晚上包。這種餃子也改了名字叫「元寶」、「吉祥果」討吉利。餡兒要全肉的，也包三五個棗兒的、兩個銅製錢的。

午夜時刻，放鞭炮，供上「元寶兒」接財神，辭歲，分壓歲錢，全家吃「吉祥果兒」。誰要夾到了包製錢和棗兒的，來年一定財運亨通，萬事如意。

我喜歡中國傳統的年，喜歡「年」的歡樂吉祥氣氛，喜歡「忙年」過程中的趣味，喜歡「年」帶來的溫馨。

刊於民國九十年一月二十三日
聯合副刊

吉祥話兒說一說

春節前，電視上常播的美食佳餚，也應景改播「年菜」。「年菜」的特色是都有一個「吉祥」的名字。像「十錦菜」、「龍鳳呈祥」、「百果長青」。

中國人是個最能自得其樂、樂天豁達的民族。這種民族性在春節期間更發揮得淋漓盡致——「吉祥話兒說一說」。不僅表現在語言上，還表現在「年菜」上、「春聯」上、「年畫」上、「歌謠」上，這些中國傳統的文化和風俗，把一年一度的春節，點綴得熱熱鬧鬧、喜氣洋洋、和和氣氣，洋溢著禮義之邦的溫柔敦厚、與人為善的胸襟！

東北有句兒謠：「小孩小孩你別饞，過了臘八就是年。」小時候在家鄉過年，臘八粥喝完了，祖母就叮嚀我們這些素日講話口無遮攔的無知小孩說：「過年了，壞話、髒話、罵人的話不准說，不聽話，奶奶不給壓歲錢！」小孩子被撤銷了「童言無忌」的寬容，大人也盡量在言語上營造春節的喜氣、和氣。

譬如失手摔破了碗盤杯子，一旁的人趕快安慰：「不礙事，歲歲（碎碎）平安！」懊惱化為好兆頭！過年的餃子也有了新名詞「元寶」、「吉祥果」。除夕晚上包接財神的餃子，叫「捏元寶」。「捏」還含有語意雙關的意思；把喜歡搬弄是非、黑白講、傷人和氣的「小人」嘴捏起來，讓他（她）閉嘴，免得製造紛爭。大年初一的第一顆餃子，是「吉祥果」，吃了吉祥果這一年事事吉祥、萬事如意！除夕晚上的火鍋，改稱「圓鍋」，取一家團圓之意。

言為心聲，中國人春節時的語言，處處表現出期盼祝福過好日子的願望。

這種願望，不僅表現在語言上，還表現在風俗、文化、藝術上。

像貼「春聯」，是中國最獨特的年景風俗。除夕晚上家家柴扉依然敝舊無新意，大年初一早上戶戶門楣上添春景；鮮紅的紙，墨濃濃的字，全是祝福的吉祥字句；春聯在每家大門上增添了喜洋洋的年景，顯得蓬門敝戶也煥然一新！像「爆竹一聲除舊歲，桃符照眼過新年」，這幅春聯把喜洋洋的年景都說出來了。還有：「一年復始，萬象更新。」對未來充滿樂觀。

「一夜東風甦萬物。九天甘霖沛群生。」大自然春回，一片欣欣向榮。

「天增歲月人增壽，春滿乾坤福滿門。」無限的祝福。

「春聯」文字對仗工整，音韻悅耳，全是吉祥的語言，表示出善意的祝福。如果再以一筆好書法托襯，是中國方塊字絕妙的藝術創作。酷愛春聯的我，每年大年初一出門去拜年，喜歡讀讀大街小巷人家門楣上新貼的春聯。有那中意的、神來之思的妙作，忍不住還駐足默誦咀嚼片刻，體會那聯中的吉祥詞兒傳達的情意，和教化人心的意義。

可惜，現在繁華大都市大樓豪宅林立，春聯少了容身的門扉，不知貼在那兒。春節時已難得再見「春聯」點綴年景的風光，彷彿吉祥話兒也沉寂了。

掛「年畫」也是春節期間中國人的喜好，它更能表現出中國藝術真、善、美的一面。

「年畫」是寫的工筆畫；人物、花、鳥等都畫得栩栩如生，鮮活逗趣而色彩艷麗。華麗的居室掛幅「年畫」添增喜氣，四壁蕭條的陋屋，貼幅「年畫」立刻蓬壁生輝，顯得不那麼寒酸了。

再讀讀，揣摩一下畫中意，幅幅都是人們喜歡聽的吉祥話。且看這些畫中的「話」：兩個穿新衣戴新帽，眉濃目亮，笑瞇瞇的大胖小子合抱一條金鯉魚是「年年有餘」；一盆紅艷艷盛開的牡丹花是「花開富貴」；一隻白肚黑翅的的喜鵲站在紅臘梅滿枝盛開的的樹上是「喜上眉梢」；一條雕龍刻鳳的古香古色八仙桌，堆著黃澄澄金元寶塔，擺上一隻玉笏是「金玉滿堂」。這些年畫表露人們心中的願望，過年時掛一掛，說不定今年時來運轉、美夢成真哪！

在我的家鄉東北，有錢的富貴人家，家大宅大的大宅門兒，春節期間都在院子裏豎一條高丈餘的的燈籠竿。掛上燈籠點亮了，夜間數里外都看得到。這個燈籠竿，是除夕晚上午夜接財神時，掛上大紅燈籠給財神爺照路地，怕財神迷了路，或摸錯了門，財富送不到。於是聰明的鄉人，腦筋急轉彎，以這個燈籠做題目，編成「數來寶」的曲謠。這個曲謠都是唱秧歌、跑旱船的藝人唱的。

過年時，這些走街穿巷的藝人就出來表演討賞錢，他們專挑大戶人家。請聽他們一進大門的唱詞：

一進大門抬頭觀，觀觀您老的燈籠竿。
燈籠竿好比那搖錢樹，搖錢樹上金馬駒兒栓。
金馬駒兒跑來，金馬駒兒顛。
金馬駒兒馱來了元寶山。

全是吉祥的讚美話，衝著這段開場白，主人能不賞個大紅包嗎？至今我還記得小時候過年時，我家祭灶時，祖父唸叨的一首祭灶歌詞。

民以食為天，在農業社會時代，家家多供奉「灶神」，灶神是每個家庭的廚官，被視為一家之主。記得我家「伙房裏」由於是大家庭，都是大鍋大灶。在漆黑的牆壁的一個角落裏，供奉著笑瞇瞇的灶王爺爺和灶王奶奶的畫像，橫批是「一家之主」，兩旁的聯句是「上天言好事」、「下界保平安」。春節期間的習俗，臘月二十三是祭灶日，又稱過小年。傳說「灶神」是天上玉皇大帝派到人間的「監察院」使者，掌管這家人平日的言行善惡，以定這一家未來一年的吉凶禍福運勢。

不要看灶王爺爺灶王奶奶一年裏靜坐廚下一隅，每日飽受煙燻油嗆被冷落，到了臘月二十三這天可拉風了；這天灶王爺爺帶著灶王奶奶上天述職，全家希望祂「上天言好事，下界保平安」，在玉皇大帝的面前隱惡揚善。不僅有豐盛的佳餚餞行，還少不了一份「糖瓜——麥芽糖」，讓監察使者嚐個甜頭，口中留情。聽聽祭灶時，這家主人老當家的這段唸詞：灶王爺，本姓張，騎著馬，帶著槍，上上方，見玉皇，好話多說，壞話少講，說壞話把你嘴給黏上！

話裏還透著威脅。看在有糖瓜的盛宴上，灶王爺怎能不隱惡揚善呢？真的是人間天上都一樣。

語言是人與人之間溝通的橋樑，我們老祖宗還留下一句諺語：「良言一句三春暖，惡語傷人六月寒。」告訴我們好聽順耳的話，使人感到溫馨，會結善緣。難聽的損人的話會刺傷人心，壞了人際關係。不僅在過年，平常日子裏我們也應該多說些吉祥順耳的話。

刊於民國九十五年二月三日
中央副刊

點綴春節的藝術

在工業社會時代，很多農業社會時代的傳統民間藝術漸漸消失。能夠經過歲月的淘滌而存留下來的，就如沙河裏的金沙，閃著引人眼眸的光圈。

春聯

走在重慶南路的書店街，看到騎樓路旁上的書報攤的架子上，「春聯」在寒風中招展，捎來了春節的訊息。我選了一幅，春節時給家中增添吉祥喜意。

「春聯」是中國獨特的民俗藝術，對仗工整，詞句典雅，意義深遠。而那漂亮的書法，散發著中國方塊字的魅力，再加上鮮豔的紅紙，有著喜洋洋的熱鬧。

喜愛中國古典詩詞和書法的我，對它愛煞。春節時不但購買市上成品，有時自己也揮兩三幅秀秀自己的書法。春節假日我喜歡穿大街，走小巷，去看家家門楣上的春聯，常為那聯上的祝詞動容。請看：「爆竹一聲除舊歲。桃符照眼過新年」，一地的爆竹屑，戶戶鮮麗的春聯，一片新氣象，描述得多貼切又傳神。

「天增歲月人增壽，春滿乾坤福滿門」，無限的祝福和溫馨。

「一夜東風甦萬物。九天甘霖沛群生」，春回大第，萬物復甦，博愛之心躍然紙上。

多年前一個除夕日的午後，我經過住處附近的堤防上，堤防的斜坡處有一畦菜園子，旁邊幾椽泥瓦木板的陋屋的門楣上，我看到這幅春聯：「王小二過年。年年難過年年過。流浪漢無家。處處無家處處家」。橫批是「青菜豆腐」。我駐腳默念，先是莞爾，繼之不忍。這幅好像打油詩的春聯，道盡了一個孑然一身的流浪漢在異鄉漂泊的淒涼，和無奈的豁達心情。春聯是一種文學藝術，能表達人的心聲。記得父親最喜歡貼的春聯是「一年復始，萬象更新」，對未來充滿希望。

窗花

多年前，在建國南路的花市旁的古玩攤上，發現一套剪紙花樣，是《紅樓夢》裏的十二金釵剪影。薄薄的彩色棉紙剪的古代仕女身影，衣飾、髮型、儀態栩栩如生，表現出女子的嬌美；讓我驚艷巧奪天工的剪紙手藝，買回來夾在玻璃桌墊下。

和春聯一樣，剪紙的花樣也是春節期間的飾物，北方人稱「窗花」。鄉村婦女多會這項手藝。記得母親剪一手漂亮的窗花，春節時她剪些「福」、「春」、「囍」字貼在玻璃窗上、衣櫃門上、梳妝臺上，點綴年的喜氣。

別看小小一張剪紙，卻能改變人的心情。戰亂時為躲避敵機轟炸，我們住在昆明的鄉下，住的是茅草為頂、竹泥為壁的克難房子。家具是竹床、竹椅、竹桌。那年時局緊張、人心惶惶，提不起過年的興致；但母親依然用紅紙剪些祝賀之詞，貼在牆壁上、竹家具上，陋屋立刻生輝，年景不那麼清冷寒酸。對新的一年，滋生出期盼和信心。而今，當年母親剪紙的雕蟲小技手工藝，卻能剪出多樣值得欣賞的民俗藝術品。

年畫

兒子到北京開會，給我買了一幅古色古香的「年畫」月曆。多年未看到「年畫」了，重睹那剎那，又驚又喜，又親切。

「年畫」顧名思義，是過年掛的畫兒。「年畫」在我童年時，春節是我家牆上的常客。仿古的工筆畫，色彩艷麗，一幅年畫能讓蓬蓽生輝，滿室洋溢著熱鬧的年意。

「年畫」上畫圖都隱含著暗喻，題字都是吉祥話：如穿兩個紅兜肚胖小子，合抱一尾大金魚，喻「年年有餘」；一張八仙桌上堆滿金元寶，旁立了一個梳了朝天利的小辮子金童，抱著玉如意，是「金玉滿堂」；其餘有「五福臨門」、「吉慶有餘」、「財源廣進」。我翻著這幅月曆，十二個月的十二張畫兒，倒是有一半是祝賀大家來年財源廣進。

也難怪，不管農業社會、工業社會，小老百姓所企盼的，不過是國家風調雨順、國泰民安，個人生活無慮，日子過得好一點。

而如果仔細欣賞這些點綴年景的藝術品，會深深地感受到我國善良、包容、豁達的民性。

刊於民國九十四年二月十二日

中華副刊

恭賀新禧大拜年

「忙年」在農業社會，是家庭主婦在一年的節日中的重頭戲；打點一家人吃的、穿的、用的，居家除舊佈新的大掃除，外加中國傳統的春節禮數：「拜年」，讓主婦日日席不暇暖。尤其是「拜年」，登門造訪，只為說句吉祥話兒：「恭賀新禧，萬事如意！」而奔波於大街小巷。

臘八前一日，幾位文友閒聚聊天兒，在座的都是資深主婦，扯到「過年」這檔事，異口同聲羨慕現在的主婦有福了；只要荷包裏有鈔票，年貨大街、百貨公司走一趟，一切搞定。大掃除花錢請清潔公司代勞。有的家庭除夕的年夜飯都移到大飯店吃酒席。至於e世代的年輕人趁著年假出門旅行去也，古俗的「過年圍爐闔家團圓飯」也不重視了。「拜年」這碼子事，不流行，現在的人，以平常心來過年的。

但在我們這一輩兒的觀念是「舊的」已過去，「新的」未來開始，對將來的日子滿懷期望和祝福。而「拜年」是互相表示善意關懷之心的人情味大放送，在中國社會已成為年節不可免的禮俗了。

坐在回家的公車上，適才的笑語暢談依然在腦中回蕩，竟然想起很多「拜年」的趣事、糗事。

集團拜年

我成家後，第一次拜年是在嘉義。我們住的是職員宿舍，左右鄰居都是同事，也可說是眷村。在嘉義、阿里山林場的宿舍是有名的，日據時代建築清一色的日式住宅，全以檜木為建材。單位主管的官舍房大，院大，花木果木扶疏，有花園洋房的架式哪。

場長是位山東人，據說場長夫人當年在家鄉是位新女性，她到嘉義即參選嘉義縣議員（那時嘉義尚未升等為市），高票當選。為人八面玲瓏，交際手腕靈活。那年過年，她號召林場單位主管的太太團拜，然後由她率領，到每位同事家拜年，以表示一年合作辛勞的謝意，和連絡感情。

那時有一首過年的流行歌曲：「大年初一頭一天，家家戶戶過新年，新衣新鞋打扮好，我要去拜年，七咯隆咚鏘咚鏘，我要去拜年。」初一一大早，我打扮得漂漂亮亮，理直氣壯把嬰兒丟給最怕照顧貝貝的丈夫，輕哼完這首曲子，到場長家參加團拜。團拜完畢，由場長太太率領這群娘子軍，花枝招展的挨家挨戶去拜年。門開處有錯愕的，有受寵若驚的，有歡喜迎接的，每家男女主人表情不同，但都熱誠招待。因為只要繞眷村一周，時間有限，由場長夫人高喊：「恭喜發財，萬事如意！」我們這些隨從只要抱拳行禮，即刻離去，做旋風式拜年。大年下，家家門楣紅春聯嶄新，我們這群二十名左右，穿紅戴綠的夫人在路上魚貫而行，給眷村增添了一番喜洋洋的新年氣象！

旋風拜年

搬到臺北，因為住的環境改變，我們夫妻由各拜各的年，雙雙出馬共同拜年。

在嘉義，生活環境單純，朋友除了同事就是鄰居，搬到臺北親友多了；同鄉、長輩、同學。「拜年」在大都市裏也是人際關係的酬酢，是一種「禮數」；同鄉不能疏忽，長輩前不能失禮，同學情誼不能相忘。所以那些年，每到除夕吃完年夜飯，最重要的事是兩人擬商拜年名單，按地址把路線的腹稿打好，初一一大早就出門去拜年。

那時沒有計程車，沒有捷運，公車班次少，我們包了一輛三輪車繞城長途跋涉去拜年。為了節省時間，也採旋風方式，禮到就告辭，那時我還有兩位長輩在世，一位是鐵路局副局長的汪叔叔，是父親的同班同學；一位傅伯伯在臺大任教，是父親在東大兼課時的同事。我來臺時受父托多所關照，這兩位長者對我關愛有加，是故人之女如親女，每次去拜年都殷殷留飯。我和丈夫只好錯開吃飯時間，品茗嗑瓜子兒，寒喧片刻告辭。上車下車，恭賀新喜，這麼一折騰已過中午。最妙的一次是到丈夫同學老趙家拜年；老趙住的是平房淺院，一眼望進去可見屋內情景。時間太晚了，丈夫不願下車，坐在車上對著院內大喊：「老趙，給你和嫂子拜年來囉！恭喜發財，萬事如意！」三輪車立刻啟程上路。我聽見身後老趙的聲音我也喊恭喜發財，回首遙見他們夫婦二位向我們揮手呢！

拜年有骨牌效應，來而不往非禮也，我家的拜年客，要到初五才絕跡。奔波拜年太累了，多半時候初一下午關起院門睡大覺，門外掛上「恭賀新禧，外出」的擋客牌，讓拜年客投帖（名片）而去。

拜年使大人累得像條懶蟲，過年則讓孩子精神亢奮難以入眠，臨睡前我再三叮嚀：「媽媽好累，要睡一下，有人來不要應門。」一次來客大概沒有注意到擋客牌，門鈴聲大作，小兒子也忘了我的叮嚀，大喊：「媽媽，門鈴響！」嚇得我翻身坐起，摀住他的嘴。

電話拜年

大概人人覺得出門拜年是件勞民傷財的事，電話普遍後，這幾年流行「電話拜年」，對我而言真是功德無量、如釋重負；初一早上吃過早點，把昨晚寫好的拜年名單攤在電話機旁，坐在沙發上，蹺著二郎腿，輕鬆拜年，握著電話，一家一家的恭賀新喜，萬事如意，說著吉祥話，人未到禮到，一個上午拜年大事就圓滿結束。其中，拜年來的電話也不斷，藉著這個科技產品玩意兒，互送溫馨情誼，給與真摯的祝福。

但這幾年，每當初一電話拜完年，出門到街上逛逛，臺語說的「走春」；走在街上，只見長街車少人稀寂寂少人蹤，地上殘留著昨夜的鞭炮餘屑，路旁人家門楣上的春聯艷紅，卻門扉緊掩，看不到提著禮盒，穿紅著綠的拜年人，顯出年景的冷清。沒有拜年人，少了那份熱鬧的人情味！

站在街頭游目四跳，寂寞悵惘油然而生，寂寥的年景，讓我深深感到自己又老了一歲……。

刊於民國九十二年二月五日
中華副刊

請老外吃春酒

臘鼓頻催，春節的腳步近了，翻出去年春節收藏的「春」字「福」字方斗兒，準備除舊佈新一番。方斗兒是自己寫的，邊欣賞自己那筆還看得過去的書法，卻憶起有一年春節，請一位來自邁阿密的的美國青年來家吃「春酒」的趣事。

這位青年是女兒的學生。女兒公餘之暇在師範大學附設的國語中心兼課，教幾位外國人學中國話。

有一年春節前，女兒告訴我：「我有一個美國學生，春節時期要來拜年，說要看看中國人家庭的傳統年味兒。」我聽了嚇一跳，首先我發愁；我這個已把學生時代學的英文，忘得一乾二淨的女主人，如何和洋客人溝通？總不能做啞巴罷？

女兒察言觀色，深知母意，立刻安慰我：「媽媽不必擔心，他的中國話已能琅琅上口。」接著她告訴我，這位美國學生是個「中國迷」，他喜歡一切中國傳統的東西；中國的國畫、毛筆字的書法、國樂，他還去學了古箏、中國的旗袍、長衫馬褂的服裝。「他還交了一個中國女朋友哪！」女兒笑著說。

女兒的一席話給我吃了定心丸，歡歡喜喜準備迎嘉賓，特意把家裏佈置得有中國濃濃的年味兒。待客的佳餚也精心設計了一番。

這位嘉賓訂妥春節初五來。那時還讀初中、高中的小女兒和兒子，也不出去看春節電影了，特留在家裏等「老外來拜年」。

初五，快近中午時，門鈴響起，門開處，赫見一位高頭大馬，身穿寶藍緞棉襖的金髮碧眼兒的美少年站在門口，他手裏提了個禮盒。見了我雙手把禮盒奉上，對我深深一鞠躬，抱拳作揖對我說：「白目（伯母），你耗（你好）！我來白年（拜年），我命（名）字叫亨利，恭西（喜）發差（財）！」聽得我強忍住噴飯的笑容，幾個伺立一旁的孩子都掩口葫蘆的暗笑。這時我才發現，他還帶了中國女朋友來；嬌小秀麗的個兒，柳眉鳳目，是個有中國古典美的女孩子，正站在他背後文靜的微笑著。

那天中午菜色有餃子，過年時稱吉祥果兒，又稱「元寶」，除夕晚上，家鄉東北都包餃子迎接財神。一盤涼拌十錦，是用十樣青菜如蘿蔔、紅蘿蔔、白菜梗、小黃瓜、雞絲、粉皮細細切成絲兒，加上蒜末、香菜，和蝦米等作料拌在一起，取「十全十美」之意，另外是滷牛肉片，雞爪，雞翅的拼盤，稱為「龍鳳拼盤」，也是吉祥菜，取龍鳳呈祥之意。清蒸鯉魚，含「鯉魚躍龍門」之意，祝福來年考學校的高中，做官兒的高升。還有一客東北酸菜白肉火鍋，象徵全家圍爐慶團圓之意。亨利的好奇心全表現在他的好問上，每挾一樣菜，邊品嘗，邊問菜名。我見他吃得津津有味，不厭其詳的告訴他這些菜的含意。加上女兒及他女朋友以英語助談，他吃得讚不絕口，大呼：「王豆腐（wonderful）！」這餐飯吃得賓主盡歡。

飯後，我泡了高山凍頂烏龍茶，擺上澎湖花生，臺灣產的瓜子兒，坐在客廳聊天。一回眸，亨利看見牆上懸掛的「歲寒三友」水墨國畫，立刻起身趨前仔細欣賞。

「為何叫歲寒三友？」他又發問，還喃喃的唸著上面的題字。

「你看，這是松樹，這株是柏樹，這顆是梅花。在中國的北方，冬季常是霜雪的嚴寒天，樹木葉落枝禿，唯有松樹柏樹一年四季常綠。而梅花是越冷越開花，畫家們以這三種植物來暗喻中國人能面對苦難的民族性！」他聚精會神的傾聽著，女兒不時以英語解說，他不時沉思，彷彿有所領悟。但我相信他依然不甚了了。我又指著飯廳那幅「青蔬滋味長」題字的小品畫，對那幾筆簡單，卻很傳神的大白菜、蘿蔔、青蒜的畫兒，亨利不感興趣，我告訴他，此畫是臺灣當代著名老畫家陶壽伯的作品，他更是一臉茫然，讓我想到東西藝術的不同；西方注意「美感」，而東方更欣賞「意境」。

我曾學了幾年書法，春節時就買些紅紙，自己「秀」一下毛筆字，寫些「春」「福」字的方斗兒張貼在牆上，門扉上，以增年味兒。我也寫春聯，那年我寫的春聯是：「春入春門春常在」、「福臨福地福無疆」，橫批是「日暖陽光輝及第」。

亨利站在門前唸著，雖南腔北調，卻字正詞準，我不知道他是否懂得其中祝福之意。忽然，他像發現新大陸般指點我：「白目，你的「福」字和「春」字都貼倒了！」原來他注意到我那倒貼的方斗兒。我微笑的向他解釋：「『倒』『到』字音相似，倒著貼喻福到了，春到了的意思。」他恍然拍手大笑：「你們中國人真聰明！」

亨利回國後，每年都寄聖誕卡來，我也回寄中國式的賀年卡，今年我寄了一張畫著駿馬的賀年片給他，並寫著「祝你今年萬事如意，馬上成功。」因為今年是馬年。

刊於民國九十一年二月十九日
中華副刊

筆端錦繡

臺灣資深女作家剪影

「沙漠文化」拓荒者

今年五四文藝節，五四文藝節獎的文學貢獻獎，由資深名家潘人木女士榮獲。潘女士的得獎感言是：「非常感謝，在我這個年齡，仍被想起……」有感慨、有欣慰。

的確，現代e世代的讀者，有幾人知道民國四十年代、五十年代潘人木不但得過臺灣文壇的重要獎項，她的《漣漪表妹》小說，《哀樂小天地》的散文曾是響噹噹的作品呢。

事實上，豈僅潘人木女士被現代讀者淡忘，臺灣資深女作家也不只是區區二十四人。只是有人早已歇筆，有人已經離開這個世界，有的是藕斷絲連，作品銳減。

「長江後浪推前浪」，臺灣文壇的浪潮速度太快也太無情，更健忘；文壇上的沙灘只遺留了少數名家足印，其餘都被時間的浪潮沖刷得無影無蹤！

如果以第二次世界大戰作為分水嶺，臺灣從事文學創作的女性寫作者，在當年曾扮演了「拓荒者」的角色。

二次世界大戰結束後，全球的浩劫是經濟困頓、百廢待舉，當年的文壇曾被諷為「文壇沙漠」。

戰爭使民生凋困，也扼殺了文化的發展，孤懸海中的臺灣也受戰火波及。慶幸戰爭結束，臺灣可以在安定中舔羽療傷，再創新生活。但中國大陸戰亂仍未歇，為逃避戰火，很多人渡海來臺尋求安定生活。

這個小島風景秀麗，氣候宜人，最重要的海峽隔絕了戰火，是可以暫歇身心的地方。

資深名家林海音女士〈一九一八—二〇〇一〉在民國四十六年出版的小說集《綠藻與鹹蛋》的序中寫：「我是民國三十七年底從我的第二故鄉北平，返回我的第一故鄉臺灣的。幾乎是從上了岸起，我就先找報紙雜誌看，就先弄個破書桌，開始寫作。本來我和外子（何凡先生）就是成年爬書桌寫作的人嘛！開始寫的是散文，因為自幼在北平長大，雖然是回到故鄉，卻要處處從頭認識，又因換了一種生活環境，在新鮮好奇的心情下，隨手拈來的寫作材料，不是身邊瑣事和生活趣味，就是第一故鄉第二故鄉風光緬懷。我和外子的生活，應當說是離不開寫點什麼，只要有得寫心情就很快樂……。」

由這席話看來，林海音女士就在「離不開寫點什麼」的念頭下，把創作種子帶到臺灣來，在文化沙漠裏耕耘文學幼苗，她由寫作者，到《聯合報》副刊主編，到《純文學》雜誌創辦人，而成立了純文學出版社，終其一生從事文化工作。而今，當年的「文化沙漠」已是繁花似錦、繽紛滿園，林海音女士的播種拓荒之功不可沒。

如果我們注意女性寫作者，當年扮演著開墾播種者角色的女作家，不僅林海音一人。我手邊有一本「臺灣省婦女寫作協會」在民國四十五年出版的《婦女創作集》，序文中說：「就這本集子內容說，可以分為散文和短篇小說兩部份，共計四十六篇，出自四十六名女作家之手，大多數是成名的。」

可見當年已有眾多的女性寫作者，在默默的耕耘。這本集中，散文作者：王怡之、王文漪、李曼瑰、姚崴、徐鍾珮、謝冰瑩、蘇雪林、鐘麗珠等。小說作者有繁露、王潔心、王琰如、艾雯、邱七七、周素珊（畢璞）、張秀亞、張漱涵、林海音、陳香梅、鍾梅音、郭良蕙、聶華苓、嚴友梅。其中有許多至今依然有作品發表，算算，已是近半世紀的老作家了。在張漱涵主編的《海燕集》小說集中，執筆的作者有孟瑤、琦君、潘人木、劉枋、侯榕生、劉咸思、蕭傳文，都是早就有文名的女作家了。

到五十年代、六十年代，女性寫作者新人輩出；民國五十八年大地出版社姚宜瑛主編、出版的《當代女作家小說選集》裏又有了新面孔；王令嫻、季季、施叔青、曉風、趙雲、康雲薇。其中林海音、羅蘭早已是名家。這些人至今未歇筆，只是創作量減少很多。

由平凡生活看人生萬花筒

也許有人說，女作家寫的都是身邊瑣事，柴米油鹽的生活俗事，與文化何干？但不可否認，文學創作取材自人生，人生是萬花筒，每個人有不同的人生遭遇、人生經驗、人生的喜怒哀樂。雖然寫的是個人瑣事，但其中也蘊含了人生的大道理，和智慧的啟示，以及時代的影子。像林海音女士很多寫生活中趣事的作品，透露出戰後物資生活的貧乏。潘琦君懷念故鄉親人的文章，讀者可以看出江南風光、人情風俗。閱讀增加見聞知識，啟迪智慧，女作家由平凡的生活裏，提煉人生的精華片段，開拓生活的視野。

而且，當年女性寫作者，並不以寫個人的小悲小喜為滿足，她們也把筆觸伸向社會、國家、國際間。寫出社會的變遷，政治的變化，時代的更替對人生的影響，如林海音《婚姻的故事》，寫早年男性極權社會時，女性婚姻的桎梏；潘琦君的《橘子紅了》寫「求生男」的婚姻悲劇；潘人木的《漣漪表妹》和趙淑敏《松花江的浪》都透露出政治對國家人民影響。後來鮑曉暉的《異鄉鄉情》、匡若霞的《歲月履痕》寫出在異鄉羈居時，得到點點滴滴血濃於水的同胞愛。民國五十年代，國內學子因緣際會，興起了留學熱、移民潮。那時有句順口溜：「來來來，來臺大；去去去，去美國。」留學和移民成了潮流。在這種潮流下，很多懷抱著希望到異國奮鬥的人，因種種原因，生活遭到衝擊與困擾；經濟、事業、婚姻都受到考驗，於是女作家的筆下又出現了「留學、移民」題材作品，如於梨華的《又見棕櫚》、《考驗》；趙淑俠的

《我們的歌》，都是留學生在國外面對困境的奮鬥之作。移民方面的有的在菲律賓定居的蕭綠石《七月的新年》、楊安祥的《中國家庭在美國》，寫在異國生活的趣事與困難，也給讀者增加見聞。民國七十六年政府開放大陸探親、觀光，探親的熱潮風起雲湧，丹扉的《八千里路雲和土》、鮑曉暉的《長城根下騎駱駝》，寫下一系列大陸探親、觀光的篇章，和親人重見的悲喜和大陸的見聞，特別凸顯出政治的理念不同，使兩岸人民生活有著絕對的差異——幸福和不幸！臺灣女性寫作者，以錦繡之筆，跟隨時代的腳步一步一腳印，寫下大時代的點點滴滴人生事。女性有一顆溫柔的心，雖然筆下並不刻意「文以載道」，但卻期許在作品裏能給讀者些許心得，羅蘭女士的《羅蘭小語》一直是讀者認為的睿智的勵志小品，開啟茅塞。小民的《媽媽鐘》用她一貫溫馨的筆，寫母愛、友愛、人與人之間的人情味。張曉風的《地毯的那一端》每篇章頁都洋溢著年輕人對這個世界的熱情，看到一個可愛樂觀女孩的身影。這些書至今為人津津樂道，放諸今日價值觀念混亂、人心浮躁的社會，它們依然有安撫提示的教化。

筆端錦繡織得滿天彩霞

有如椽之筆，女性寫作者的筆，雖然沒有橫掃千軍之力，但也曾為國家社會稍盡綿薄。

十大建設的年代，政府重視作家，作家常被邀請參觀如海港、電力、水庫等建設工程，和農漁牧事業的發展。在目睹全國各行各業，在政府領導下力爭上游，開創欣欣向榮的遠景，感佩感恩的心情下，作家樂於用手中的筆，告訴同胞「政府為我們做了些什麼」。在那個年代，婦女寫作協會的領導人，也自動自發地帶領會員走出戶外，搜尋寫作的材料：我們去看花卉世界，得知這些美麗的植物，也會為我們賺外匯；我們去拜訪樹的家鄉，得知樹的多種功能，和一群專業的工作者，為庇護樹，繁殖樹，讓臺灣成為美麗的樹之國。歸來寫些報導、發抒感想的小文。

江山代有才人出，現在年輕的一代女性寫作者，文采更勝於前人，她們的筆下多元，把人生的萬花筒呈現在讀者的眼眸前，讓讀者體會到多采多姿的生命之旅！

臺灣的女性作家，用她們的彩筆，在文壇的天空織綿，織就滿天的彩霞。

刊於民國九十二年八月二十八日
中央副刊

上｜筆端錦繡作家群。前排右起：劉枋、潘人木、趙淑敏，後排右起：匡若霞、鮑曉暉（作者）、邱七七、鍾麗珠。

下｜女作家著作展主辦人羅蘭、邱七七女士於展出前攝於會場。

臺北的書展

讀到香港舉辦「兩岸三地書展」的消息，場面熱鬧，臺灣去的文壇「大師」應邀演講。昔日臺灣影界紅星改行為「作家」，也湊熱鬧發表他的第一本新書。

書展，臺灣也有過一陣子流行風潮。出版界有過一段輝煌歲月。

僑光堂書展

我第一次見識到書展，是在五十年代初，於「僑光堂」舉辦的書展。僑光堂位於舟山路上，現在改名為「鹿鳴樓」，歸為臺大校園區了。不知是否因為是臺北第一次盛大書展，平日僻靜的舟山路上，人群絡繹於途。僑光堂會場擠滿讀者，每個書攤前都門庭若市。

五十年代時，臺灣文壇正邁向榮景初期，「書貌」不似現在色彩華麗搶眼。我的書架上至今還珍藏著那時購買的散文、小說集。其中有聶華苓的《一朵小花》，於梨華的《黃昏，廊下的女人》兩本短篇小說。兩本都是「大林出版社」出的，淡綠色的封面上，只有書名、作者和出版社的名字，簡潔素雅。另有一本古舊的梁實秋所著《雅舍小品》，正中書局版本，書法字的書名、中國古畫的封面，古色古香，薄薄的一本。比現在的版本「書貌」寒酸，也不夠分量。但內容的幽默、風趣、犀利，至今百讀不厭。

記得那時出版的書受到讀者喜愛的出版社有「仙人掌」、「水牛」、「水芙蓉」出版社。「水芙蓉」出版了一本集當時名家作品的《一頁一小品》很賣座，又出了續集，帶動了「選集」風潮。有一位青年作家王尚義著的《野鴿子的黃昏》很是暢銷，被譽為是天才作家。

那時還流行一種「口袋書」。小巧的書形，便於攜帶。我上班時，總塞一本在皮包裏，公餘閒暇或坐公車閱讀幾頁。張秀亞的《我與文學》、潘琦君的《琦君小品》、林海音的《綠藻與鹹蛋》都曾是我皮包中的過客。

國際學舍書展

是社會大眾喜歡閱讀，抑是出版社出版好書，帶動了讀書風氣？六、七十年代是「書展」的輝煌歲月，大小書展不斷，每年春、夏季在臺北的「國際學舍」都有大型書展。

「國際學舍」在信義路上，是當年外籍學生落腳的地方。有個很大的室內籃球場，出版界配合學生假期，借這個寬敞的場地，每年舉辦兩次書展。

跨進展場，眼前一片書海，壯觀又多彩多姿。一路逛過去，攤攤相鄰。「書貌」琳瑯滿目繽紛雜陳，目不暇給。已不復早年的「淡掃蛾眉」的簡樸。而呈現了彩色設計的藝術美感，凸顯出版神速的進步。

當然，這時又有另一批作家的另一些作品出現；記憶裏夏元瑜幽默、風趣，京味兒十足的文字風格。至今書架上有他的《萬馬奔騰》的文集。唐魯蓀一系列的歷史掌故，不同省份的風俗人情，娓娓道來、引人入勝。看得出作者學識淵博，履跡廣遠，也是我的珍藏品。楊子別具風格、深度的散文，偶爾翻閱，依然低迴。學者作家顏元叔、葉慶炳的雜文，提供讀者另一種閱讀窗口。兩位都是臺大教授。而今這些作者「書在人邈」，但他們的著作，今日讀來依然是年輕人應該閱讀的好書。

第一次逛書展，我就帶著我的孩子們，逛書展是我們親子共同的快樂。養成他（她）們閱讀的喜愛，長大了，他們自己去逛書展。在他們成長的過程中，在課本裏他們學到知識。在閱讀這些課外讀物裏，他們窺見人生的風景和方向，不會迷途。

現在，國際學舍已拆除，成了大安森林公園一角。每次經過舊址，往日情景依稀如昨，不免悵惘；孩子們已展翅飛向自己的天空，感傷中也有感謝！

書市，女作家書展

往昔，在建國南路高架橋的花市旁曾有個「假日書市」。其實，這個書市，就是小型書展。出版界的點子、新聞局的贊助。「假日花市」、「假日書市」相互搭擋，成為周末假日休閒好去處。欣賞了花香，再去欣賞好書，使臺北城有花香也有書香。

開幕那天，我和丈夫共同光臨。果然熱鬧滾滾，讀者捧場，那陣子，我和丈夫是常客。逛花市逛書市，成了我們假日的休閒活動。

然而，我眼看它由敲鑼打鼓，請作家演講簽名熱鬧開幕，到後來書攤前冷清人影兒稀，只有褪色的海報在風中寂寞的抖動，而悄然落幕！彷彿曇花一現。

值得一提的是，不知是否由「花香、書香」一詞的靈感？有一年「婦女寫作協會」的一群女作家，在總幹事（現改稱理事長）邱七七帶領下，和名作家羅蘭女士共同策畫了一場「書香、花香、女作家第一本書」的書展，地點也在國際學舍。那時張秀亞、潘琦君、林海音都健在，六、七、八十年代是女作家筆耕的「拉風」時代，報紙多、副刊多。在家庭婦女版和副刊上，每天都有女作家的作品。很多來參觀的讀者，是慕名而來。有的讀者要求買書，可是都是「非賣品」，有的已絕版了。

兩岸三地書展

兩岸開放，臺北世貿中心，每年都有「兩岸三地聯合書展」。當年的禁書、三十年代作家、大陸作家、簡體字的作品，都是書展的「座上客」。加上除了文學文藝書籍外的另類讀物，書展內容的多元化，多采多姿，吸引著更多的讀者。

而我，由青絲到白髮，由求知若渴到他山之石，到而今的走馬觀花，依舊樂逛不疲；每個書攤前停留片刻，翻翻新書，看看「名著」。然後和丈夫兩人到二樓吃午餐、喝咖啡，閒坐片刻。逛書展，成了暮年生活中一項樂趣了。

刊於民國一百年九月十三日
中華副刊

生日快樂五十年

冒著斜風細雨鑽進公車，找個空位坐下，心情依然停留在會場的快樂熱鬧氣氛裏。北臺灣的冬季，常是濕雨的天氣。尤其寒流過境時，不是出門的好日子。但今天的「慶生會」卻熱鬧滾滾，新朋舊友齊聚一堂。

坐在車廂裏，耳畔仍然迴繞著歌聲、笑聲，和喧嘩聲。算算這個慶生會，已是年逾半百高齡。此刻，回憶起來，五十餘年這個慶生會，走過歡笑快樂的時刻，也歷經過冷清沮喪的場面，也興過唏噓感慨，人事全非的怨嘆。但卻月月舉辦未曾停過，想想真不可思議，也是奇蹟！

這個慶生會，是藝文界一群女作家、畫家、歌唱家及藝術家們所組成。是純聯誼性質，藉著祝賀當月壽星生日快樂，大夥歡聚一堂。因為沒有經費，採聚餐式，壽星可以白吃一頓「壽餐」，所以稱「文友慶生會」。

提起文友慶生會的誕生，有一段溫馨感人的友情軼事：據說五十多年前，文壇前輩名家林海音女士的小女兒滿月，請要好文友琦君、劉枋、王琰如、潘人木、劉咸思等人喝滿月酒。美食歡聚時，提議成立一個愛好寫作同好的「慶生會」。幾位前輩都喜歡朋友又熱心，認識的文友多，大家相互引介，於是有了「女作家文友慶生會」。全盛時代的會友老、中、青都有，以加入「文友慶生會」為榮。那個時代報刊多，副刊多，文友慶生會裏藏龍臥鳳，如名作家張秀亞、艾雯、畢璞，以及詩人蓉子，有些副刊編輯也慕名加入，開發稿源。

我是由好友叢靜文女士引介。那時我在大華晚報寫「燈下漫談」方塊，一星期一篇。靜文在中華副刊以「叢林」筆名寫「叢林專欄」。又在藝專（臺北藝術大學前身）任教，專教戲劇，已是位名家。我們在一個文藝集會中相識。我們常說人如其文，卻不盡然，靜文文筆冷峻犀利，議論時事一針見血。但人卻隨和風趣，因為未識人先識文，已是惺惺相惜，而一見如故，時相過從。

有一次慶生會前，她對我說：「我們文友有個文友慶生會，這次你來做我的客人，下次也加入吧！」恰巧那個月是我的生日，好友請吃飯，欣然赴會，還自作主張帶了一個大蛋糕與會友同享。

慶生會至今規定，每年選出兩位年召集人，上月的壽星是下一個月的召集人。偏偏我主辦的那個月只有我這個惟一的「菜鳥」。初來乍到，不知如何著手，正在忐忑不安時，年召集人王琰如大姐來電話相問關懷，知我是生手，立刻主動代為主辦，擇日期、定餐廳、發通知，我只在餐聚時做個收費的幫手。至今憶起她溫暖援手仍然感謝。我也由她身上看到交友帶人的風範。

琰如大姐曾擔任過幾屆婦女寫作協會的總幹事（理事長），高齡九十時依然寫作不輟。逝世時海內外子女均隨伺在側，是位有福氣的人。

相較之下，靜文身世淒涼；她在北平輔仁大學畢業後和同事來臺，大陸變色未及回去，一直孑然一身。大去後遺囑只讓我、麗珠、畢璞、潤鈿送她最後一程。麗珠、潤鈿已定居國外。告別式上，一室黑衣學子和同事，只有我和若霞、畢璞三個好友，睹景思人，為她倍感孤單。去盥洗室時，站在鏡前，想到她的孤零、堅強，電話裏相互調侃俏皮，談心事，竟然悲從中來，淚沾衣襟，久久不敢走出盥洗室。

慶生會每月的召集人，都希望辦得熱熱鬧鬧，會友們皆大歡喜；美食佳餚外，也安排餘興節目，有時請特別的貴賓來演講。雖然沒有車馬費，只是白吃一頓午餐，但被邀請的貴賓都欣然與會和我們同樂。

現已定居國外的朱婉清，有一次請來連戰夫人方瑀女士。連夫人曾是中國小姐，也是位作家。作品婉麗典雅，一如其人。會中請她談談她的寫作生活，及筆耕心得和靈感。那次連夫人反客為主，請與會的會友在晶華酒店吃了一次美味大餐。朱婉清是早期歸國服務的留學生，文章寫得好，又擅長京戲。

另一次，是立委作家趙文藝女士，請來了中央副刊主編孫如陵先生。孫先生是位名編，他主編中副時，中副聲譽如日中天，作家們都以作品能刊登中副為傲。他選稿嚴，退稿快。那個時代電腦不普遍，多是手寫稿，字跡潦草，錯別字、不妥的標點符號，都在挑剔之內。投稿給中副，下筆要小心翼翼，生怕一點差錯，稿子就如「倦鳥知返」躺在信箱裏了，圈內作家都戲稱他是「劊子手」。他也是文壇名嘴，那時他已退休，趙大姐請他來談談「投稿秘訣」。他妙語如珠，說字太草，遇上老眼昏花的老編，無暇琢磨猜測，先擱一邊。字跡漂亮，就如漂亮的女孩子，不免多看一眼，這一看，看出內涵，逃過了「遺珠之憾」。現在作家多以電腦寫作，不會因字跡龍飛鳳舞難辨識而遭退稿，有福了。那次沾趙大姐的光，去參觀了國會殿堂。因為餐會地點在立法院餐廳，近水樓臺開了眼界。孫主編還贈送「壽星」每人一隻小金色壽字禮物。

趙大姐是立法院教育召集人。衣履總是光鮮亮麗。她辦事認真。多年前「中韓作家協會」在漢城（今首爾）召開，我與她同室。開座談會時，她是主持人。一大早起來她先擬好演講稿，誦讀再三。出席時一襲合身旗袍，配戴白珠耳環，雍容端莊，展現出中華民國婦女獨特的優雅風度。

會友們很有人情味，有人後來定居國外多年，回國探親，不忘找機會回慶生會看看老朋友。有一次已僑居紐約的琦君大姐回來和我聯絡。恰巧那個月的慶生會我是召集人之一，靈機一動，請她來做貴賓，談談僑居異國的情形，她高興地答應。不巧隔天接到「著作人權協會」的邀約演講在同一時間。琦君大姐分身乏術，幸好著協會會長是符兆祥先生，都是朋友。我倆商量，讓琦君姐「趕場」；我接她來慶生會吃過午飯，再由符先生來接她去著協。可見當年琦君的盛名和好人緣。

琦君大姐的文風溫柔敦厚，文情感人，老少咸宜，讀者多，是文壇常青樹。她酷愛寫作，遺憾晚年因健康不能提筆，臨逝前，案上依然擺著紙筆準備寫作。

回憶這些往事，加入慶生會二十多年，我享受到友情的快樂，也學到很多；「三人行，必有我師」，我學文友的優點，也懂得包容友人的瑕疵，而深感友情的可貴！

然而，光陰荏苒，天增歲月人增壽，物換星移，人也漸老。老友有的離開人世，有的隱居。電腦崛起，寫作生態改變。e世代的作家，自有她們交友活動的方式和天地，慶生會漸漸走向沒落場景；有時小貓三四隻，連壽星都沒有。雖然仍唱「生日快樂」歌，但落寞的失落感，讓大家有何不歸去的意興闌珊，興起吹熄燈號的念頭。

但畢竟是多年「友情交流」的集會，不捨解散而悄悄的消失。在現在忙碌冷漠的社會裏生活，能有熟悉的老友談知心話，吐心中塊壘，相互安慰鼓勵，是緣分，也是福氣。幾經猶豫，有熱心的文友腦筋急轉彎；何不改弦易策，另召賢納聖？

文學、藝術本是一家親。臺北的藝文界常舉行集會，認識一些畫家、音樂家、國劇家，以及藝術家。文學藝術靈犀相通；互相邀約下，果然，由於這些新朋友的加入，慶生會有了新氣象！相互贈書，結伴看畫展、賞平劇、聽音樂，品賞文學之外，多采多姿的藝術天地。

而我，藉由這些活動，深信「獨處無友必孤陋寡聞」。與這些朋友為伍，我看到畫家筆下大千世界錦繡，聽到音樂家唱出人間的天籟。國劇的有歌有舞獨特的唱腔舞姿；化腐朽為神奇，以各色碎布剪貼成幾可亂真，類似油畫般山水花卉的貼布畫作，都讓我驚奇著迷！由這些藝術家身上，我看到臺灣婦女的才華和創作的活力！

有朋相聚不亦悅乎！一月一次的慶生會，給我平淡的家居生活帶來快樂，日子過得有滋有味。坐在行駛中的公車裏，好心情使我默哼「生日快樂」歌：「祝你生日快樂！祝你生日快樂！……」。我衷心祝福「文友慶生會」永遠生日快樂！

刊於民國九十七年三月二十六日

中華副刊

古典畫家

一幅寬七尺、長四尺的「孔雀紫薇花圖」工筆畫，淡紫色的花姿耀目，如天際的彩雲。一隻孔雀回眸凝視自己那華麗滿是翎眼的雀尾，姿態曼妙、栩栩如生。再加上畫者題的詩，美字、美畫，配以中國意境深遠的詩，整幅畫散發著中國國畫的藝術之美。

畫家徐令儀女士，是當今畫壇上專攻於工筆畫的名家。她的畫細膩生動，著色明艷，無論花、鳥、魚、蟲、駿馬、虎豹、鸚鵡等，都栩栩如生，意態生動。她更用慧心、慧眼、巧筆，賦以比真美更美的境界，發揮藝術之美。

她每畫好一批畫兒，在送展之前，必請幾位好友去她的畫室看「畫兒」。在國內展時，我們先睹為快，在國外展時，我們也不會錯過眼福。到她畫室裏看畫，不像在展覽會場上，走馬看花，只看到浮面的藝術之美。在她的畫室裏邊欣賞邊聊著，她會告訴我們創作的理念，和心路歷程；創作「紫薇孔雀圖」的構思靈感，來自紫薇花自古被視為花后，永遠散發著清香。而孔雀是鳥中之王，牠的翎尾是舉世無雙的極美。孔雀是愛惜羽毛的鳥禽，當牠回入林中時，先要愛護她的尾羽，這都是暗喻人的「品格」；君子有「富貴不移，威武不屈」的堅持。

她的另一幅使我們嘆為觀止的是「百美圖」：顧名思義是「一百位美女呈現在畫紙上」。這個構思來自中國古典文學名著的《紅樓夢》。《紅樓夢》中曹雪芹筆下的諸女子容貌不同，個性不同：有明眸皓齒、有杏眼鳳目、有體態豐腴的雍容、有弱不禁風的纖秀。有端莊溫婉、有隨和可親、有孤傲潑辣、有堅強的、有軟弱的，而其中詩、書、琴、棋、畫才情不乏其人。她認為中國傳統的教育，雖然壓制了女權，但另外卻塑造出女子的才華，美麗和婦德，未嘗不是安定社會道德的磐石。她把她的理念鋪陳在畫紙上，讓這些古代美女永留倩影。

在長達數十公尺的橫軸畫紙上，這些美女們或坐或立，或倚或臥，有捕蝶賞花、有弈棋吟詩、有展紙弄墨、有對月閒愁、有雪中獨立，姿態曼妙可人。而其間亭臺樓閣、花壇水榭、綠樹繁花、盆景古玩，桌椅臥榻的布景，更表現出中國古典庭院居家生活的藝術之美。而美女們的服飾琳琳琅琅，色澤鮮明，式樣古雅飄逸，把諸美女襯托得躍然紙上。

她的每幅畫都非一朝一夕之功，而是經年累月的創作。她時時掛念畫事，平日作畫至深夜，很少外出涉足公共場所。偶而和好友小聚品茶、聊天、唱歌。她常忠告我們幾個疏於筆耕的人，不要常常跑出去湊熱鬧玩樂，浪費生命。她說：「來日日少的生命多可貴！不能做無益之事，讓一生留下空白。」對畫事她有著使命感，要傳播延續中華民族固有的文化藝術。她說：「這是家父生前對我的期許。」

徐老太爺徐子明教授，早年任教臺大，桃李滿門牆。發現女兒有藝術天份，請名師教古籍、詩詞，也請名畫家教畫藝，她得自專業的教育，多於傳統的學校教育。

事實上，她在我們友輩眼中，是現代的古典女性：國學根基深厚，作詩、填詞，唱得一腔好「崑曲」，嗓音甜美清脆，老歌也在行，更燒得一手江南風味的佳餚。她請我們看畫兒，必以佳餚款待，飽了眼福，又飽了口福。

更令人欣賞的，她做的一手好針線活兒；她的旗袍，改良洋裝，展出酒會上穿的華麗禮服都是自己設計剪裁縫製。懂得打扮自己的人，會突顯自己的美，徐令儀在展覽會場上，永遠以雍容、端莊的中國古典女子的儀態出現，讓人覺得「畫如其人，人如其畫」。

這些年來，徐令儀女士不僅在國內時有畫展，也多次應邀到國外開個展。今年六月到九月，她應邀將在美國紐約林肯藝術中心，及世界日報做兩場個展，扮演傳播中華民國文化藝術的文化大使。做為好友，給她深摯的祝福。

刊於民國九十年九月十五日
中華副刊

老兵不死，只是凋謝

走出「至安廳」，院子裏白花花的陽光。抬頭望向天空，藍天如洗，我彷彿看見一顆晨星隱去。

是的，文壇上又一顆文昌星引退！資深作家王琰如女士，走完了她九十一年的人生歲月，悄悄的走了。

幾位送行的文友，遲遲未肯離去，冷冷清清的圍站著。不知為何，心中驀然升起「寂寞身後事」的淒涼感觸！

提起「王琰如」，現在的讀者也許對她很陌生。也難怪，寫作是跟著時代走的工作，老一輩的作家如果減少創作，或擱筆，自然為讀者忽視或淡忘。但不可否認，在這個領域耕耘的寫作者，都曾經衣帶漸寬終不悔的努力過，日日夜夜經營自己的作品。有人甚且奉獻餘力，為同好開拓邁向文學創作的大道。王琰如大姐就曾經一邊創作，一邊為文藝界奉獻餘力。

二次世界大戰，戰亂殃及全世界，臺灣也不例外，戰跡處處，百廢待舉。就以當時的文藝界的情況，有「文化沙漠」之稱。但有一批渡海來臺，愛好文藝的女子，想要在這塊沙漠中，耕耘出文藝的奇葩，更期望能成為繁花似錦的園地。於是在創作之餘，當時由徐鍾珮女士、林海音女士、鍾梅音女士、王琰如女士等人，成立了「臺灣省婦女寫作協會」，後改為「中國婦女寫作協會」，王琰如大姐擔任第一屆總幹事（理事長）。

登高一呼，同好來歸，一群愛好文學的女子入會。她們寫去國離家的心情，寫臺灣光復前後舊事，寫生活點滴，個人悲喜情懷。但字裏行間，充滿對這塊土地的熱愛，在困頓的生活中，滿懷「明天會更好」的樂觀。文學離不開生活的題材，時代的寫照，這些平凡的作品，卻對臺灣後來的發展，有很大的鼓勵！

琰如大姐不是著作等身的作者，但她從未放下筆，她的文筆清新、親切、可讀性高，很受讀者喜愛。早期最具代表性的作品《我在利比瑞亞》，是她旅居利國的見聞經歷，也是當年少數國外遊記之一。

另一本作品是《文友畫像及其他》，原是報上副刊的專欄「作家寫作家」。以琰如大姐在文壇上資深的閱歷，及交遊和工作，人脈廣，寫起來游刃有餘，深入淺出、如見其人。加以文字簡潔親切，娓娓道來，引人入勝。後來又出版了《文友畫像及其他續集》，厚厚的兩本著作，是她晚年的力作。

琰如大姐終生未忘情寫作，晚年依然筆耕不輟，曾有〈九十自述〉一文發表。她告訴我，她要寫下她那個不平凡的時代，寫下她一生不平凡的遭遇，卻因健康而志未成。

她悄悄地走了，沒有哀榮的場面，但有好友相送，在大家心目中，琰如大姐「老兵不死，只是凋零。」

刊於民國九十四年七月二日
中華副刊

對污衊的抗議——論尤三姐自刎

《紅樓夢》裏有諸多女子，有兩個不是「大觀園」這個繁華小世界裏的人；就是尤二姐和尤三姐。

尤氏姊妹不是賈府的閨閣小姐，也不是丫鬟。只因姻親關係，和「大觀園」裏的人有了瓜葛：尤氏姊妹的異母姐姐是賈珍的妻子。由於姻親往來，好色無品的賈珍，看小姨子倆貌美標緻，萌生垂涎染指之心，因而演成「情小妹恥情歸地府」，三姐持劍自刎、壯烈之死的悲劇，二姐「覺大限吞生金自逝」淒涼而亡的下場。

曹雪芹是塑造人物的高手，《紅樓夢》裏諸女子各有各的美貌姿態，也各有各的性情脾氣；我們看到嬌弱的黛玉小心眼善感，看到文靜的寶釵沉穩淡泊，看到明媚的鳳姐潑辣能幹。在尤三姐身上，我們看到的是一個敢做敢為，個性剛烈的女子。

曹雪芹把尤三姐塑造成一個有膽識、個性剛烈，特立獨行作風的女子。在《紅樓夢》那個以男性為中心的封建社會時代，自然不見容於女子三從四德的世俗觀念，因而走上悲劇命運！

說穿了，尤三姐是死於「人言可畏」的利箭下，死在被傳言玷汙了名譽憤怒中。在第六十四回「卻說賈璉素日既聞尤氏姊妹之名，恨無緣得見……。」就透著曖昧。

中國社會傳統觀念，在兩性間的婚姻感情中，男人有三妻四妾是正常；《紅樓夢》的賈母都認為「哪個貓兒不偷腥」來寬恕男人婚後的濫情。但女人卻被要求：即使夫君中道去世，妻子要獨守孤燈，淒涼過後半輩子，是守婦道。時至今日，男人包二奶是稀鬆平常事，女人婚後感情出軌搞外遇，立刻惹來風言風語，人人用有色眼光來看當事人。

在曹雪芹筆下寫二尤的行為和風評，讓讀者有水性楊花「淫」婦的錯覺。事實上，曹雪芹寫二尤不像寫「大觀園」中經過禮教薰陶、端莊檢點、曉禮守分寸，溫室中花朵的諸女子佳麗；而是生長在平常百姓家的女兒，生長在家貧孤苦伶仃的環境裏的野花，知道如何和狂風暴雨對抗。兩個人美麗標緻，二姐個性隨和，遇事委曲求全，三姐卻有主見，個性剛強。由於姐姐尤氏嫁給賈珍為妻，全靠賈珍接濟生活。偏偏賈珍、賈蓉看上二尤貌美，時來挑逗嬉戲。二姐生性隨和，不好嚴拒冷面相對，打情罵俏也是有的；第六十三回「賈蓉到尤老娘處，見了尤二姐笑嘻嘻地說：『二姨兒你又來了，我父親正想你呢』尤二姐紅了臉罵：『好蓉小子，我過兩天不罵你幾句，你就過不得了，越發地連個體統都沒了，還虧你是大家公子哥兒，每日唸書學禮地，連那小家子也跟不上！』說著順手拿起熨斗兜著便打，嚇得賈蓉滾到懷裏告饒。尤三姐便轉過臉去，說道等姐姐來家再告訴他！」由這段看來，二姐是長輩，賈蓉卻如此放肆，如此無品德，二姐罵他的話透著不齒，三姐更是不假於詞色。但看在丫鬟下人眼中，不免閒言閒語，壞了尤氏二姊妹的名聲。

如果我們仔細的讀曹雪芹筆下寫二尤，處處透著二姐、三姐身在那個環境的無奈；在尤二姐做了賈璉的外室後，但賈珍還不改昔日惡行，趁賈璉不在，偷到二姐處吃酒鬼混：「當下賈珍、尤老娘、二姐、三姐一處吃酒，二姐恐怕賈璉一時走來，彼此不雅，吃了兩鍾酒便推故往那邊去了。賈珍此時也沒可奈何，只得看著二姐自去。剩下尤老娘和三姐相陪。那三姐雖然向來也和賈珍偶有戲言，但不似他姐姐那樣隨和兒，所以賈珍雖有垂涎之意，卻也不肯造次了，致討沒趣。」（六十五回）。由這段看來，曹雪芹不但寫出二姐避嫌守本份，也點出三姐在這種環境中，盡量潔身自好，保護自己的清白，並不是那種隨便不檢點的水性楊花的女子。

偏偏那晚上賈璉闖了回來，明知道賈珍也來了在西屋歇著，卻裝糊塗。「倒是二姐多了一層心思，在慚愧心虛之際，哭著把內心的話說出來：『你們拿我當糊塗人待，什麼事我不知道？我如今和你做了兩個月的夫妻，日子雖淺，我也知道你不是糊塗人。我生是你的人，死是你的鬼！如今既做了夫妻，終身我靠你，豈敢瞞藏一個字。我算是有倚靠的人了，將來我妹子是怎麼結果？據我看來，這個形景兒，也不是常策，要想個長久的法兒才好！』」（六十五回）。因為看出賈珍對三姐有意，就商量著順水推舟牽紅線，兩姊妹做妯娌，都終身有靠了。可想見二姐本性並不是淫蕩的女子。當下賈璉趁著酒意到西屋來見賈珍，只以為這個媒是十拿九穩地。當時的場景是這樣的：「賈璉忙命人看酒來，當著尤老娘和三姐的面說，我和大哥吃兩杯。又笑嘻嘻的向三姐說：『三妹妹為何不和大哥吃個雙鍾兒？我也敬一杯，給大哥和三妹妹道喜。』三姐聽了這話就跳起來，站在炕上，指著賈璉冷笑說：『你不用和我「花馬吊嘴」的！咱們「清水下雜麵，你吃我看！」「提著影戲人子上場兒，好歹別戳破這層紙兒！」你別糊塗油蒙了心，打量我們不知道你府上的事呢，這會子花了幾個臭錢，你們哥兒倆，拿著我們姐妹倆當「粉頭」（妓女）來取樂兒，你們就打錯了算盤了。我也知道你那老婆太難纏！如今把我姐姐拐來了二房，「偷來的鑼鼓打不得」，我也要會會這位鳳奶奶去，看他是幾個腦袋幾隻手？大家好取和兒便罷，倘若有一點叫人過不去，我有本事把你們倆「牛黃狗寶」掏出來，再和那潑婦拼了這條命。喝酒怕什麼？咱門就喝！』說著自己先拿起酒壺斟了一杯，喝了半鍾兒酒，揪過賈璉來就灌，說：『我倒沒和你哥哥喝過，今兒倒要和你喝一喝！咱們也親近親近。』接著三姐索性卸了妝飾，脫了大衣服，鬆鬆挽了髮髻。身上穿的是大紅小襖，半掩半開地，故意露出蔥綠抹胸，一痕雪脯。底下是綠褲紅鞋，鮮豔奪目，忽起忽坐，忽喜忽嗔，沒半刻斯文。兩個耳墜子就如打秋千一樣，燈光之下，顯得柳眉籠翠、檀口含丹。本是一雙秋水眼，再吃了幾杯酒，越發橫波入鬢，轉盼流光。」（六十五回），曹雪芹這一大串描繪尤三姐的文字，讓讀者錯覺三姐的媚、浪，迷惑男人的萬種風情的淫蕩。連平劇「紅樓二尤」都以這段大作文章，做風騷的「粉戲」演出。其實是寫三姐的美貌標緻，大膽厲害，借著酒力裝瘋，戲弄逗引賈珍、賈璉，一吐平日被玩弄看賤的怨氣！也讓這兩個爺們看看姑奶奶的厲害！是保護自己的絕招；果然賈氏弟兄傻了眼：「把賈珍賈璉弄得欲近不敢，欲遠不捨，迷離恍惚。」而三姐卻「自己高談闊論，任意揮霍，村俗流言，灑落一陣，由著性兒拿他兄弟兩人嘲笑取樂。一時，他的酒足興盡，更不容他們弟兄兩人多坐，竟趕了出去，自己關門睡去了。」（六十五回），這一段寫出三姐的大膽潑辣，也寫出賈珍、賈璉被震懾住的的嘴臉和醜態！風月場中的老手，竟也不知如何是好了。

曹雪芹在《紅樓夢》中，多著墨「大觀園」這個繁華小世界的人生悲歡離合，和眾多女子的感情世界。很少深入的涉及賈府男人（除了寶玉）的生活和感情種種。但從六十三回賈敬煉丹求仙中毒致死，到六十九回尤二姐覺大限吞金而亡的七回中，以賈珍、賈璉、賈蓉父子叔姪三人為主角，寫盡賈府權貴子弟的荒唐淫亂；不顧「國喪家孝」、「背旨瞞親」，玩弄孤苦貧窮的弱女子，做為外室，以及種種的劣行。原本是「翰墨之家」的賈府，被好事的市井小民譏諷是「只有門口兩隻石獅子乾淨，只怕貓兒狗兒都不乾淨！」的淫亂家族。

曹雪芹寫尤三姐破著臉，冷嘲熱諷地罵賈珍、賈璉，實是借三姐之口，對賈府爺兒們的劣行痛加鞭撻！遺憾的，三姐遭「池魚之殃」，沒有人知道他是出淤泥而不染的白蓮。更遺憾的是，她中意的柳湘蓮，卻是個大俗人，禮教中人，視貞潔為女人第二生命。三姐看中他，指非他不嫁，讓他疑惑。寶玉的一句「真是一對尤物，她又性尤」讓他驚心。而「你們東府裏，除了門前那兩個石獅子乾淨罷了！」聽來的惡毒風言風語，讓柳湘蓮唾棄尤三姐，登門索劍退婚。任賈璉解說講求，都不為所動。三姐是何等聰明的人，「尤三姐在房裏明明聽見，好容易等他來，忽見反悔，便知道他在賈府聽了什麼話來，把自己也當作淫奔無恥之流，不屑為妻。今若容他出去和賈璉說退親，料那賈璉也無法可處，自己也無趣味。於是摘下劍來，出來便說：『你們也不必出去再議！還你的定禮！』一面淚如雨下，左手將劍並鞘送給湘蓮，藏在背後持另一劍的右手回肘，只向頸上一橫！」（六十五回）。剛烈的尤三姐，不甘被視為淫奔無恥之流，不屑為妻，憤而揮劍自刎！以明心跡清白。三姐死後，托夢向柳湘蓮哭訴：「妾痴情待君五年，不期君果然冷心冷面，妾以死表癡情！」

尤三姐不是淫奔之流的女子，只因生得貌美，被賈府的爺們覬覦，時來騷擾，玷汙了她的名譽。從另個角度看，即使三姐天生麗質難自棄，行為上有些放蕩，慾念浪漫，但她的靈魂是聖潔的，對真愛執著。被誤認是淫奔之流，憤而揮劍自刎，是對污衊的抗議！對自己人格的表白！

柳湘蓮也非冷心冷面之人，三姐死後，他流露真情大哭道：「我不知是此等剛烈的人，真是可敬！是我沒福消受！」（六十六回）後遇道士，揮劍斷髮跟隨道士而去，以報三姐的痴情真愛。

一揮劍斬情緣，一削髮斷世緣，皆因「人言可畏」！而賈府的爺們，實是間接造成這個悲劇的劊子手！

刊於民國九十一年十月一日

中華副刊

情歸何處——論鴛鴦之死

中國有句話「自古紅顏多薄命」，證之於《紅樓夢》一書中諸多有花容月貌的女孩兒，最後下場都很可憐淒涼，此言不虛。

「紅顏」廣泛地指是女人。中國自古女人沒有「人權」，她們所受的閨訓是「在家從父，出嫁從夫，夫死從子」，一生倚靠男人；命運中的吉凶禍福，全操在男人手中：嫁得達官顯貴是枝頭鳳凰，嫁了販夫走卒的市儈，即使是巧婦，也要常伴拙夫眠，認命終生了。

因為自古以來，中國女孩子沒有婚姻自主權；全憑父母之命、媒妁之言，而決定是「嫁雞、嫁狗」，也看自己的造化，遇到的是如意郎君，還是登徒子。更談不上感情的寄託、個性的契合。在《紅樓夢》書中的「大觀園」裏婚姻感情的故事中的女主角，大多是這種可憐的薄命紅顏。其中最讓讀者掩卷嘆息的是「焚稿斷痴情」，魂歸離恨天的林黛玉。為表耿耿妾心，自刎斷情絲的尤三姐。委曲求全，甘做小妾，卻被妒婦設計，吞金自殺、了卻紅塵緣的尤二姐。心地良善、與世無爭的迎春，被父親賈赦當作「債還物」許配給一個登徒子，受盡這個中山狼欺虐折磨而亡。就是那金玉良緣的寶釵婚後與寶玉貌合神離，寶玉看破紅塵出家，她落得獨守空帷度餘生。

《紅樓夢》裏諸多拔尖兒的小姐命運乖舛，就是些丫鬟侍女也難逃惡運的魔掌。如寶玉房中長得標緻又手巧、心高氣傲的晴雯，招了王夫人的忌，認她是「狐媚子」會勾引寶玉，生生地把她趕出園子，使得晴雯含冤懷恨，淒涼地死去。

而曹雪芹著墨最多的是鴛鴦之死。鴛鴦是賈母的貼身丫環。讀者在第四十回「史太君兩宴大觀園　金鴛鴦三宣牙牌令」中，對她第一次有較深刻的印象：「鳳姐兒說：『既行令，還叫鴛鴦姐姐來才好。』眾人都知道賈母所行之令，必要鴛鴦提著。」由這段可看出鴛鴦與普通的丫環不同，是位體面得主子信任的下人。而在她行令時，也表現出她也是略懂詩詞曲賦的女子。

至於鴛鴦是何等樣的人物呢？第四十六回邢夫人到賈母處為賈赦說媒，讀者可以從邢夫人眼中話語間看到這個丫環的模樣兒、人品及才藝。

「邢夫人聽了鳳姐的話有理，便自行往賈母處來，和賈母說了一會閒話兒，便出來，假托往王夫人屋裏去，從後屋門出去，打鴛鴦的臥房門前過，只見鴛鴦坐在那裏做針線，道：『我看看你扎的花兒』，看了一看，誇說越發地好了。鴛鴦見了邢夫人站起來，邢夫人放下針線活兒，又渾身打量；只見鴛鴦穿著半新的藕色綾襖，青緞掐牙坎肩兒，下面水綠裙子，蜂腰削背，鴨蛋臉，烏油頭髮，高高的鼻子，兩邊腮上微微地幾粒雀斑。」

由這一段描述看來，鴛鴦不但模樣兒長得標緻，還是個手巧的姑娘。至於人品呢？且看邢夫人遊說她答應願嫁賈赦為妾的一句話：「邢夫人見了鴛鴦劈頭就說：『我是來給你道喜地。』鴛鴦聽了已猜著三分，不覺紅了臉，不發一言。又聽邢夫人道：『你知，老爺跟前竟沒有一個可靠的人，心裡想要再買一個，又怕那牙子家出來的不乾不淨。……因要在府裏挑一個家生女兒，又沒有好地；不是模樣兒不好，就是性子不好，有了這個好處，沒了那個好處。意思是和老太太要了你去，收在房裏。』」

由這段文字看來，鴛鴦是個漂亮能幹、性情溫柔，行事做人得體的姑娘。

可惜這樣的女孩兒，生長在那個女人大門不出、二門不邁的禮教社會，養在深閨人難識，難遇良人量珠來聘娶，卻落得被一個垂老地，顢頇荒淫的大老爺賈赦覬覦，想要染指，而將走上為小妾，任人擺佈的命運，真令人惋惜浩嘆！

但鴛鴦卻不向命運低頭，任邢夫人如何遊說，都不為所動！心中自有主張，且聽邢夫人如何鼓蓮花之舌說做賈赦之妾的好處：「『你比不得外頭新買的，這一進去就開了臉，封你做姨娘，又體面又尊貴。』『過了一年半載生了個一男半女，你就和我並肩了，家裏的人，你要使喚誰，誰還不敢！現在主子不做去，錯過了機會就遲了。』」

誰知，鴛鴦不是那種糊塗，愛慕虛榮的丫鬟，她自小生長在賈府中，又派在賈母身邊做貼身丫環，賈府中有頭有臉的爺們，在賈母房中請示、請安，出出進進，諸般德性，她看得清清楚楚；賈政的趙姨娘生了兒子又怎麼樣，依舊是矮人一截。賈璉收在房裏的平兒，對鳳姐曲意奉承，還受善妒鳳姐的脾氣，和賈璉親熱都得避著鳳姐。現在自己被賈赦看上，私下盤算這件事，她已有了主意，自己終身大事是「寧可玉碎，不為瓦全」的。在第四十六回裏，且聽她如何表明心跡，在她為躲開邢夫人的糾纏，躲到園子裏散心，巧遇平兒和襲人。已知原委的平兒，把賈赦要娶鴛鴦為妾的事告訴襲人，兩人開玩笑聯合取笑她：「新姨娘來了！」氣得鴛鴦笑罵兩人是臭蹄子，一起來計算她，當時表明心跡：「『別說這大老爺叫我做小老婆，就是太太這會子死了，他三媒六證地娶我去做大老婆，我也不敢去！』『就是老太太歸西去了，那時再說，縱到了至急為難，我剪了頭髮做姑子去。不然，還有一死。一輩子不嫁男人又怎麼樣？樂得乾淨呢！』」

外柔內剛的鴛鴦妾心似鐵，非為無情，而是把荒唐的男人看透了。但邢夫人卻不知鴛鴦的心意，以為女孩兒家害羞，說不出答應的話，知道鴛鴦的兄嫂還在，便著人去找了鴛鴦的嫂子金家的，讓她去討鴛鴦的口信。但看這一段金家的進園子裏見鴛鴦的情景：「『姑娘既然知道，還奈何我！快來！我細細地告訴你，可是天大的喜事！』鴛鴦聽說，立起身來，照她嫂子臉上下死勁啐了一口，指著罵道：「你快夾著你的臭嘴離開這裏，好多著呢！什麼『好話』？又是什麼『喜事』？怪道成日家羡慕人家丫頭做了小老婆，一家子都仗著她橫行霸道地，一家子都成了小老婆了！看著眼熟了，也把我送在火坑裏去，我若得臉呢，你們外頭橫行霸道，自封自己是舅老爺，我要不得臉，敗了時，你們就把王八脖子一縮，生死由我去！」一邊哭，一邊罵。

由鴛鴦這一段搶白她嫂子的話裏，可見鴛鴦對為妾的事，是吃了秤鉈鐵了心，一百個不願意。

可是賈赦不死心，一頭熱，去找了鴛鴦的哥哥來，許了許多好處，還讓哥哥放話給鴛鴦。第四十六回一段寫著：「鴛鴦只咬定牙不願意。她哥哥無法，少不得回去回覆賈赦。賈赦惱了起來，因說道：『我說給你，叫你女人跟她說去，就說是我說的，自古嫦娥愛少年，她必定是嫌我老了，大概她戀著少爺們，多半是看上了寶玉，只怕也有賈璉，若有此心，叫她趁早歇了，我要她不來，以後誰敢收她？這是一件。第二件想著老太太疼她，將來外邊聘個正頭夫妻去。叫她細想，憑她嫁到了誰家，也難出我的手心，除非她死了，或是終身不嫁男人，我就服了她！要不然叫她趁早回心轉意，有多少好處。』」

由賈赦這番話聽來，竟是欺壓鴛鴦而逼婚了。但鴛鴦不為所懾，仗著賈母素日疼她，那日藏了一把剪刀在袖子裏，到賈母面前哭訴，一五一十地把邢夫人如何來說媒，賈赦如何說了狠話逼她為妾。還說，就是老太太逼著我，一刀子抹死了，也不能從命！服侍老太太歸了西，我也不能跟著我老子娘哥哥去，或是尋死，或是剪了頭髮做姑子去！當下掏出剪子就剪掉一綹頭髮以明心跡！

賈母聽了氣得渾身發抖，當著一屋子人說：「我通共剩了這麼一個可靠的人，他們還要來算計！」邢夫人來了，又把邢夫人狠狠數落一頓，說賈赦的官兒不做，整天想娶小老婆，說邢夫人賢慧得過了頭：「他逼著你殺人，你也殺去？」這些重話邢夫人回去告訴了賈赦，賈赦羞愧，但還是花了五百兩銀子，買了一個十七歲的姑娘才作罷！一場逼婚風波暫時平息，但卻種下了「史太君壽終歸地府」後，「鴛鴦女殉主登太虛」，鴛鴦自縊的伏筆。

第一百十一回的章目是「鴛鴦女殉主登太虛……」，事實上，鴛鴦之死，並不純為殉主，而是「情歸何處，妾身何所託！」未來堪憂的命運。且看鴛鴦在賈母死後，她的心路歷程：「誰知此時鴛鴦哭了一場，想到自己跟老太太一輩子，身子也沒個著落。如今大老爺（賈赦）雖不在家，大太太的這樣行為，我也瞧不上。老爺是不管事的人，以後便『亂世為主』起來了，我們這些人不是要叫他們掇弄了麼？誰收在屋子裏，誰配小子，我是受不得這樣折磨地，到不如死了乾淨！」

由這一段描述看來，曹雪芹隻字未提鴛鴦感念賈母對她的恩義情重，而萌生以身相殉的話，反倒是對自己終生未來的命運憂心忡忡，而走投無路，想一死了卻紅塵！況且賈赦逼婚的陰影一直存在，鴛鴦在走投無路的絕境中，效法秦可卿以一條汗巾結束了自己花樣年華的生命，讀者如果看清楚鴛鴦的處境，都會灑下同情之淚！

但作者卻在「一百十一」回目中寫「鴛鴦女殉主登太虛」做為鴛鴦的死因。是掩飾淡化賈府爺兒們欺壓弱女子的罪行？抑是給鴛鴦一個好名聲，得到主子們的尊重，能與賈母同辦喪事，讓這個可憐的女子，身後不像晴雯般太淒涼？實堪玩味！

刊於民國九十二年十二月一日
中華副刊

第五輯　浮生閒情

張潮在「幽夢影」中說：「閒可讀書，閒可交友」是人生樂事。而生為現代人，因交通發達，不必像徐霞客芒鞋策杖跋涉周遊名勝。藝術音樂大眾化，當我們在夕陽晚霞滿天的人生階段，有大把的閒暇，有卸下人生諸般包袱的閒情，看山看水，讀書、賞畫、聽樂，會有另一種領悟。老友，更能惺惺相惜。

春天，在臺北

住在臺北真好！

這個城市永遠充滿活力，散發著多采多姿樣貌，尤其在春天，出得門來，時時有繽紛的春花春樹在眼眸前驚豔！

「當春風吻上了我的臉，告訴我現在是春天⋯⋯。」歌曲提醒著人們。

春天在哪裏？在羅斯福路上；羅斯福路上的「木棉樹」獨具特色，先開花，後生葉兒。在車水人龍煙塵飛揚的馬路兩旁，它是最醜的行道樹，經常葉黃枝禿，一幅病懨懨，然而幾番春風的拂拭，春雨的洗滌，它，突然的脫胎換骨，活了起來，散發出生命力。在光禿禿的枝椏間，花蕊猶如一隻隻的酒杯，高舉著生命美酒向天空、向大地歡呼！那澄黃帶紅的豔麗，給羅斯福路增添美景詩意。難怪民歌「木棉道上」，傳唱至今不衰。

春天也在「中正紀念堂」。「紅了櫻桃，綠了芭蕉⋯⋯。」古人早把春天的櫻花入詩了！在一個春天早晨，到紀念堂拜訪春天。在圍牆裏一處有小橋、春水，沿著長廊漫步，眼前燦爛的櫻花正展顏相迎！走在長廊中，一邊是有著鏤花，古味盎然的「牆窗」圍牆，一邊是綠樹紅櫻。長廊盡頭，是展示中華民族獨有風格的「書法」、「墨畫」。古典雅致的「牆窗」，多采多姿的書法、畫幅，盛開的璀璨紅櫻，是臺北城詩情畫意的春天！

春天，也翩然來到「臺大校園」。

「淡淡的三月天，杜鵑花開在山坡上，杜鵑花開在小河邊……。」烽火連天的時代，杜鵑花開在荒野村莊。而今，杜鵑花以「報春花」開在校園裏，開在學子穿梭中。燦放的杜鵑花，活潑的小兒女們，校園內一片青春朝氣！

開放的校園區，遼闊安靜，與校外熙攘世界迥然不同。學子騎著自行車翩翩往來，同窗路上結伴同時行，路旁老樹下木質椅桌，閒來漫步其間，也不妨購買校園小店的香醇咖啡，小坐樹蔭椅上片刻，眺賞校園風景，遠近春天的杜鵑「花海」。

大自然給臺北城增添春光美景，住在臺北市的人也不甘人後；用彩筆美畫給臺北加添繽紛，那是另一種春天的韻味。

座落在仁愛路上，古雅又莊穆的「國父紀念館」內，蘊藏永遠青春不老的中華文化。它那肅穆寬敞的大廳裏、畫廊中，總有國人新的創作展出。

就在這淡淡三月天，春光明媚季節，慶生會的文友在此展出他們的藝術創作，把春留住。

李沛教授的一幅幅美不勝收的國畫中，就有一幅春江水暖魚兒游的作品，畫家的筆勾勒出畫中的生命，游魚、春水，凝視間，似可聽見喋喋水聲。猶記去歲秋日看梁秀中教授畫展，一幅〈聞笛〉，畫中牧童坐在柳蔭下，橫笛湊唇邊，柳樹旁的河溪中，牛兒浮沈水中洗澡。啟人思古幽情，讓我想起那首〈洛城聞笛〉的歌曲，笛聲彷彿縈繞耳畔。

凌渝英女士擅長貼布畫，她化腐朽為神奇，把各色花布拼貼人像、風景、花卉、靜物，幾可亂真。一幅繁花似錦的瓶花，就把春天定格在室內了。

是啊！大自然給天地間創造春天。慶生會的文友，以畫的藝術營造春天。

刊於民國九十九年四月五日

中華副刊

春遊小記

仿竹式的欄杆，繞著湖岸構成曲徑迴廊。午後暖暖春陽灑在湖面，粼粼水光中，圓嘟嘟的小綠龜，靜靜浮在水面上曬春陽！湖畔樹影搖曳，湖水、樹影、春陽、曲廊，好似一幅「春之頌」的畫兒，自己宛似畫中人，品啜春天的喜悅，渾然忘卻不遠處，就是車陣人群沸揚的都市大馬路！

更如尋到了心中桃花源般驚喜！是啊！這個座落在鬧區的國父紀念館，我曾來來去去進出多次；開會、聽演唱會，到附近友人家打小牌，路過廣場，多少年了，竟然現在才識得這泓湖景！

今年春來遲，春分過了，驚蟄也過了，春雷不響，冷氣團卻一波又一波的降臨。冷風冷雨，吹得不是拂面不寒楊柳風，是冷颼颼的寒風。雨也不是霏霏的春雨，是讓人不願出門的冷雨。

幾個久未見面，鮮少到大自然中勝景去悠遊，上了年紀的老友，在電話中敘友情時，都說：「等春暖花開時，幾個人約了去看杜鵑，喝個下午茶聚一聚！」然而，政大後山的杏花在冷風冷雨中謝了，臺大的杜鵑花在盼望春暖來臨中花也開完，春暖姍姍來了。那日聽氣象報告，有三天的晴朗好天氣。幾個人用電話聯絡，決定出遊，尋春去！

但到何處去，卻煞是要費心安排：去陽明山？不願長途跋涉，而且陽明山花事已了，烏來有山景溫泉，卻不願登山徑。我們只想呼吸呼吸大自然的空氣，看看綠樹青草地的風景，曬曬春陽，敘敘友情，聊聊天。想起好友鳳曾說；她每天在國父紀念館庭園裏散步時，發現一座賣簡餐的小咖啡館，環境幽靜，館園內還有一泓人工湖塘，可以坐在湖畔閒眺觀湖景。「咖啡廳可以久坐聊天。」這句話打動了我想一遊的念頭。對我們幾個不常聚會的老友，對美食和品咖啡興趣不濃。醉翁之意不在酒，渴望的是相聚時聊聊天，敘敘友情。於是電話中，問她小咖啡廳座落何處？她竟答應願以「識途老馬」做導遊。

小咖啡廳在園中一角的綠樹掩映中，古味十足；褐色木地板，籐椅圓桌。可喜的，有一個有雨棚的廊臺，面對叢樹花草，三五散座，幽靜悅目。去得早，還沒有餐客。我們把小圓桌兩個合併起來，落坐在有靠背的籐椅上，游目四眺，眼眸前儘是樹木，寬敞的館景，聽不到市聲的喧鬧，卻偶而傳來鳥聲啁啾，是個促膝聊天的好地方。

對我，朋友相聚，最快樂的事，莫過於聊天。北京話是「閒磕牙」，傳神極了。「紅樓夢」一書，大觀園內諸女眷活動，常有「閒磕牙」字眼出現，代表悠閒、輕鬆、愉悅。以現代語說：「發洩情緒」。而女人聊天的話題，各個階段不同；年輕時嫌老公、怨孩子，嘆生活不滿，話語中盡是愛嗔情深，卻洋溢著幸福。而在職場時，話題是工作的甘苦順遂，辦公室內的是是非非人事糾葛，一吐心中塊壘。我們現在是已由職場引退，空巢期的「銀髮族」，話題離不開健康；你牙痛我耳背、你腿酸我眼花。嘆老嗟寂寞，大把的閒暇不知如何打發？曾在報上看到一篇讓我悲傷的小文：在公園閒坐的老人，對另一位老人說：「我們是三等公民『等吃，等睡，等死』！」

三十年代名作家巴金，年登百歲時哀嘆：「長壽不是福」！但中國傳統觀念總是祝福老壽星：「壽比南山，福如東海」，長命百歲！從另個角度來想，活得久，活得健康，可以享受這世上諸般美好，看這花花世界的變遷。對我，稚齡時走過抗戰的坎坷；少女時遇見內戰的烽煙；壯年時度過臺灣篳路藍縷開創歲月，享受過臺灣經濟起飛奇蹟的美果。在戰亂中，走遍大陸大江南北。退休後遍訪世界名勝佳景。細數從頭，不負此生。

張潮在「幽夢影」中說：「閒可讀書，閒可交友」，是人生一樂。鄭板橋晚年有詩：「管山管水，管幾個小小頑童。」多麼瀟灑自在！而我們坐在樹叢中，看美景，吃美味，品咖啡、閒磕牙，心中無牽絆，不是老福嗎？「閒磕牙」結束，走出小咖啡館，來到讓我驚豔的人工湖畔。湖畔的座椅上，坐著一簇簇閒適的遊客。春陽、湖水、綠欄杆、遠樹，此刻，這兒是都市的「桃花源」，琳舉起她的數位相機，要為我們留下春遊歡聚照，留與他年說夢痕。我們幾個像小女生，擺站姿、展笑靨，喀嚓！留下「湖畔倩影。」

刊於民國一百年五月二十日
中華副刊

青山　碧海　環島遊

昔日同事餐聚，一位剛遠遊歸來同事談她坐「高鐵」的感覺；快是很快，由臺南到臺北，彷彿一眨眼的工夫。只是車窗外的風景都一閃倏忽而過，沒有旅遊的趣味！在座的都有同感，認為「高鐵」對那些「時間就是金錢」為生活奔波打拼的人很方便。我輩已退休的投閒置散，有大把的空閒時間出趟遠門，還是搭普通火車，欣賞一下沿途風光，享受旅遊之趣。於是，大家談起昔日那段坐火車奔波辦公室的日子。

多年前，我們服務的機關由臺北遷搬臺中，幾個家住臺北的女職員，為了魚與熊掌兼顧，時常兩地往來，成了火車的常客，遍看沿途的山山水水好景致。

對我來說，臺北到臺中的三個多小時的旅程，我視為休假之旅；上了火車，找到自己的座位，好整以暇坐下，放好旅行袋，服務小姐送上香茗、當天報紙。暫拋案牘勞形、家務纏身，心中諸般牽牽掛掛。讀報、假寐、織毛衣。但多數時間是遠眺那車窗外像畫冊般不同的風景山巒海水、綠野平疇、村野人家。

臺灣南北縱貫線的火車可分山線、海線。旅遊之樂，不僅在觀賞奇跡勝景，旅途中的山水也有意外的驚豔之美。如果上午搭海線火車南下，車過板橋，就走進綠色世界：綠樹處處、田陌綠油油、遠山青翠，這些景象在車窗外一程又一程映入眼眸。就在凝視間，眼角間閃入一抹波光水影；低矮的防風林叢中出現了紅頂白牆的小屋頂；忽隱忽現，那是崎頂的海水浴場。崎頂靠海近，眼前豁然開朗，隨著車行，遠海忽遠忽近，海上偶有海船的影子，海天深處有海鷗翱翔。傍晚經過時，落日把海水染成橘紅色，水光閃閃、海水脈脈、歸帆點點，是一幅絕美的「夕照漁歸」彩畫。

如果坐上山線班車，會經過「勝興」站。勝興在山群之中，是路線海拔最高的驛站。火車穿行山巒間，憑車窗遠跳，青山四繞、層巒疊翠。俯瞰，山谷深幽，山腰梯田清晰似繪、山徑蜿蜒如帶，谷底山溪旁，有幾椽農舍佇立。夜幕低垂時火車經過，農舍如豆燈火明滅閃爍，在蒼茫夜色中，幾疑是螢火蟲流翔。

有幾次南下高雄，車過彰化、嘉義，車窗外的景色是一望無垠的綠禾稻田，處處菜圃、豆棚、瓜架、古厝三合院、寬敞的曬穀場，雞鴨徜徉覓食，是綠野平疇的鄉村風光。

搭火車可以看到沿途的風貌，也可以見識到臺灣小火車站風貌透露出的祥和寧靜。

有一次錯過要搭的班車，搭了一班慢車，這班慢車沿途逢大站、小站都停靠，還等候禮讓對方交會列車，有時靠月臺有十幾二十幾分鐘。旅客可以下車散散步，看看風景。小火車站都很簡單，木造的小站房，只有一個出入口，木柵欄隔開，一邊出口，一邊入口。旅客稀稀落落，悠閒進出。小站共同的特色是都在月臺旁的土地上種了花花草草，給簡陋的小站，增添些許嫵媚。但也有驚豔之貌；在另個小站月臺旁，有一棵粗壯的老九重葛，真是老來俏！層層簇簇開滿紫紅火亮的花，讓人驚歎！還有一個小站，月臺上遍砌花壇，每座花壇裏的花爭奇鬥妍的開放，好像在比賽誰開得最美！而小站的站名就叫「花壇」，更增詩意畫境！

其實，臺灣因地理環境，沒有懾人心魄、壯觀的大峽谷奇景，沒有如萬馬奔騰、炫目的尼加拉巨瀑，卻多的是如詩似畫的明媚風景。

如果，有機會到臺灣東部走一趟，從花蓮到墾丁那條綿長的海岸線海洋，沙灘美景，和傍海城縣的景貌，足以令人留戀忘返。

多年前，有段日子，我曾常是東部的過客。

通常，我先搭飛機到花蓮。常年蝸居臺北水泥森林中的住宅區，市囂盈耳。一下飛機走進市區，立刻神清氣爽，感到天闊地廣的舒適。走在花蓮街上，彷彿海就在身邊：一回眸，眼角有時會瞄到海的影子，也許在街角，也許在巷尾就和海邂逅了。而那條濱海公路，沿著濱海公園走，坐在巴士上，一路上看海。海濱公園大理石鋪的步道，傍海的小涼亭、石椅、藝術路燈、椰樹。可以觀海、聽潮、吹海風。海天深處海鳥盤旋，這般海城景致難得一見。

到臺東，坐火車。花東火車沿途除了海景，鳳梨園、釋迦林，檳榔樹林立，車窗外的景貌是富饒的熱帶之城。

走出臺東火車站，坐上攬客的三輪車。三輪車慢悠悠地走進市區，路旁老榕樹、檳榔攤、樹下閒坐眺街景的老人，路邊嬉戲的兒童，都以「客從何處來？」眼神看我。走進丈夫日式官舍小小院落，「夜來香」花香撲鼻。夜晚，睡在榻榻米上，南風由落地窗送來清涼，遠方的海濤聲忽遠忽近傳來枕畔，潮音、花香伴我入眼。臺東，是可以聞聽潮韻的城市，可遇不可求，使我難忘。

回臺北時，清晨從臺東向墾丁方向走。臺東多樹，一路檳榔花香相隨，老樹佇送，巴士穿行在樹廊中、樹棚下，車窗外綠意染車內，眼前全是濃得化不開的碧綠！車行行復行行，車窗外濃綠漸行漸淡，眼前豁然一亮！看到了藍藍的天，遠山起伏，幾朵白雲如絮繞山巔，巴士上了南迴公路。

南迴公路倚山傍海；一邊峰峰相連峨巍山脈，一邊無際的浩瀚海洋，巴士盤行群山中，時見「山窮水盡疑無路，柳暗花明又一村」的深山幽靜。行到山巔處，遠眺大海蒼茫，山岩下卻駭浪拍岸，激起千層海濤。行近海岸，又見沙灘上前浪後浪相湧，海岸處全是飛珠碎玉的浪花。一條南迴公路，穿梭其間，山水美景盡在眼前。

四周環海的臺灣，美景不僅只有「阿里山」、「日月潭」、「太魯閣」，如果環島走一遭，會發現如詩如畫的美麗佳景：深山幽谷，村野小城、富饒農家、濱海城市明媚的風光和山水，綠樹夾道的鄉路、公路，處處賞心悅目，驚歎大自然獨厚臺灣，臺灣的福分！在臺灣發展觀光事業的當下，這些得天獨厚的自然佳景，都是觀光最好的資源。

如果，搭車環島走透透，欣賞幽谷人家、鄉間小城。在山裏蓋民宿，讓樂山者在山中小住二三日，看山觀雲，享受山隱的寧靜。海濱闢浴場，讓樂水者戲水、眺海觀潮、拾貝玩沙，氣候溫和的臺灣會是個度假的好地方。

刊於民國九十八年一月四日
中華副刊

乘著歌聲的翅膀

那雙纖細的手，在琴鍵上飛舞著，敲彈著，悅耳的音樂流洩出來；激昂時如澎湃的海潮聲，溫柔似高山的流水音……我聽呆了。

在心目中，一直認為「音樂」是最美好的藝術創作；音樂家用幾個音符、幾行線條，就能譜出美妙的樂音。把平凡單調的人聲化為天籟，填上詞兒，成為一首首好聽的歌曲。

人是喜歡唱歌的，有人跡的地方就有歌兒。我曾在深山裏聽過有人「唱山歌」，在西北塞外的草原上，聽兒女情歌。據說這些歌都是傳統流傳下來地。

而我這個畢生混跡在都市裏的人，更是愛煞歌唱：我曾經迷戀過流行歌曲。流行歌曲是都市的產物；音樂家把歌唱視為藝術，小市民卻把唱歌當作娛樂。記得剛到臺灣時的前二十年還沒有電視，只有廣播的收音機。家庭裏普通的娛樂是聽廣播電臺播放的歌唱節目，和廣播劇節目。尤其是歌唱節目，還接受聽眾點唱。舉辦大型晚會時，名主持人請來各路名家歌星，聽得好過癮！聽久了，自然而然的也學會了自己喜愛的歌，空閒寂寞時就哼唱一番。至今，當我輕哼〈初戀〉的「……我難忘你哀怨地眼睛，我知道你那沉默地情意……。」和〈綠島小夜曲〉的「……讓我的歌聲隨那微風，吹開了你的窗帘……。」這些深情款款的歌詞，常會憶及當年趕到現場聽晚會歌唱的狂熱，和午夜守在收音機前聽歌的痴迷。

我也曾迷愛上「黃梅調」歌曲。

「黃梅調」是極富中國風味的歌曲，多以國樂伴奏。五十年代初，當時的影歌星凌波，主演以黃梅調歌曲推動劇情的「梁山伯與祝英臺」一片，扮像瀟灑、歌聲美妙，一砲而紅，創電影賣座紀錄。不僅讓「黃梅調」在臺北如火如荼的流行起來。連帶地使那時的電影紛紛以黃梅調的歌為對白。廣播電臺更是一窩蜂的播放黃梅調歌。那時上下班搭公車，要穿過一條眷村的巷子，那陣子每當傍晚走進巷內，左鄰右舍家家的收音機放的都是黃梅調。愛唱歌的我，早把那些歌學的琅琅上口，忍不住一路合唱起來，直到唱進家門，進了廚房還意猶未盡。至今想起來怪難為情地。凌波第一次來臺灣，松山機場人山人海，我也蹺班趕去湊熱鬧，一睹這位「黃梅調」歌星風采，在人群裏擠斷了高跟鞋的一隻跟，只好在路邊小店買了一雙木屐穿回辦公室。

歌抒情，也言志，歌曲隨著時代走而有它特殊的含意和風格。中國時代彩色最濃的歌曲是「抗戰歌曲」。

廿世紀早期的中日戰爭打了八年，士兵們在漫長地硝煙彈雨裏出生入死，人民在砲火下顛沛流離失所，妻離子散，有很多壯烈犧牲的故事，很多可歌可泣的悲壯故事，以及壯志凌雲的愛國情操，和不屈服的民族魂。當時的的音樂家把那時中國人的遭遇譜就一首首歌曲，後人稱為「抗戰歌曲」。

很多歌會隨著歲月地流逝而消失、湮滅。抗戰結束，抗戰歌曲的光環淡去，在歌壇上也消失。但老兵凋謝、逝去，抗戰歌曲的種子卻埋在當年的孺子記憶裏，這些孺子來到臺灣成長，邁入中年，有一些人因緣際會相遇，談往事、憶當年，竟然熱情地成立了合唱團，重讓這些種子開花，讓人欣賞。每年到了抗戰紀念日，公開表演。好歌不寂寞，有好多年「抗戰歌曲」是電視臺、廣播電臺的熱門節目。公開演唱時更是座無虛席。而我，每當登臺演唱這些歌時，彷彿又回到少年時代，把中年人的內斂、冷漠拋開；人生難得幾回高歌，且讓自己暫時返老還童片刻，放開嗓音，像小孩子般熱情的高歌，享受掌聲中的沉醉。歌聲中似飲佳醪的微醺。

歲月不饒人，而今嗓音已瘖啞，熱情也減退。參加這個合唱團，只為所教的多是我喜愛的藝術歌曲。每週一次坐在那歌聲悠揚的教室裏，不一定刻意去學會一首歌，我更喜歡靜坐聆聽，乘著歌聲的翅膀，讓心情翺翔在美妙的音樂領域中。渾然忘卻室外紛擾喧囂的塵世，暫拋人生的小煩小惱。

刊於民國九十年十一月十三日
中華副刊

新書發表會

畢璞姐又出新書了。

在她整理手稿時，幾位好友得知，便醞釀藉新書來次餐敘。畢璞姐寫作半世紀餘，著作等身至今未停筆，而在晚年時，依然有「心血結晶」面世，彌足珍貴，可喜可賀！怎能不同樂一番？

在翹盼中，新書誕生。大夥兒敲定日期、時間、地點，選擇「廣式茶樓」可以清茶一杯，隨意點美味，更可多做盤桓不被下逐客令。素日只能電話聊天，疏於會面。趁此機會多聚些時間。清茶一杯、美點數碟、新書一本，和好友款款而談，乃人生樂事，我們戲稱為「新書發表會」。

只是老友們都七老八十年紀，猶如嬰兒般脆弱：雨天不敢出門兒，怕天雨路滑跌倒骨折；寒流來怕出門，擔心心血管闖禍。偏偏臺北的天空，淒風苦雨連綿，寒流頻頻。蹉跎又蹉跎，終於等到撥雲見日，晴空朗朗，趕快互相聯絡，喜孜孜赴約。臨出門時不禁感嘆當年年紀未老時，無論赴會旅行風雨無阻，酷熱嚴寒不畏，瀟灑出門。而今，好日子過去嘍！

好友久未見面，行了擁抱禮寒暄後，就打開話匣子互訴近況。

女人閒聚聊天，青春年少時談理想感情。成家後喊累，數落老公，抱怨孩子。如果是職業婦女，吐塊壘，秀職場得意、嘆人際糾葛。退休後已近黃昏之齡，容顏漸衰，健康亮紅燈，保健養顏是最夯話題。而我們幾位高齡老友，閒來這痛那疼，視茫齒搖，步履不復矯健。跑醫院診所像串門子，見面自然談「老病」心得！

那天，大家見了面，行了久違的懷念擁抱禮，寒暄問候後，打開話匣子談「老」說「病」。大夥兒七嘴八舌，談興濃時，素來穩重的畢璞姐，慢條斯理的拿出她的新書分贈。還輕聲細語，謙虛的說：「請多指教。」

著作等身的她，善良又肯提攜後進。當年她主編「大華晚報」的「甜蜜的家庭」版時，無意中投稿該版，蒙她刊登，從此，我這初出茅廬的生手墮入筆耕苦海，樂此不疲。我視她為我的「伯樂」，而今我這匹「劣馬」混跡文壇十多年，我和她成了不離不棄的知交。

午夜沉思憶往時，常會想起那段筆耕的酸甜苦辣，快樂又充實的日子。那時報紙多，副刊多，只要肯寫，不愁沒有園地發表。當年女作家有時很風光，常是在副刊上萬紫千紅只有數點綠，女作家的作品多於男作家。而家庭版更是女作家的天下。我那時年輕，對寫作正是狂熱時期。家務重，案牘勞形，公私兩忙，怕給專欄開天窗，常在午夜到巷口的郵筒投寄稿子。長巷寂寂，萬家燈火已熄。有時皓月當空，我獨伴我影踽踽而歸，心內無比輕鬆。有時丈夫午夜醒來，探首書房，疼惜的責備：「三更半夜，寫些什麼玩意兒！」他非魚，不知魚之樂。

寫作環境丕變，電腦興起、網路稱霸、副刊銳減。一些電腦盲、手寫稿的作家，被迫休耕，讓筆生鏽。幸虧「文訊」、「華副」還禮遇手工稿。尤其「文訊」更是敬老惜才。

「文訊」在眾多文學佳作中，為資深的老作家闢了一塊「銀光副刊」園地，重燃老農揮灑的雄心。前年芯心姐出了《晚杜鵑》、侯楨出了《仍然有夢》，而今，畢璞姐也出書了，在出版困難的文藝界，值得為老友慶賀。更使得在座筆耕未輟的宜瑛、潤鈿、金鳳和我有了信心。

在品茗聊天中，我拿起畢璞姐的新書，封面四個大字「老來可喜」。瞄一眼畢璞姐，她正在談視力模糊的困擾，我也正為視茫、齒痛煩惱，老來何喜之有？翻讀扉頁，有一首詞曰：

「老來可喜，是遍歷人間，諳之物外，看透虛空，將恨海愁山一時搖碎。免被花迷，不為酒困，到處惺惺地飽來覓睡，睡起逢場作戲。」

宋朝朱敦儒所填的詞，調寄〈念奴嬌〉。多麼瀟灑的老來境界！

歸來，細讀每一篇，作者以她一向雋永，純樸的筆調寫生活瑣碎、心情苦樂、病痛折磨，堅強勇敢面對老年健康的挑戰！

一沙一世界，由諸般的生活點點滴滴中，我窺見作者對自己晚年生活的態度。

「生、老、病、死」是每個人必經的人生歷程。在無力可回天的自然定律下，作者以平靜、包容、豁達的心情、態度，從另一個角度看人們的老年，面對自己的「晚年」。

老來可喜，是遍看人間事，熟知人情世故。看透浮生名利，沒有「恨海愁山」的閒愁。可以萬事不關心無牽掛。有大把的空閒時光；日上三竿猶擁被窩暖，午睡手拋書卷覓好夢。閒來看山看水採菊東籬下，偶而約友小酌「閒磕牙」！老來可喜，是人生中彩霞滿天夕陽紅的餘生。

刊於民國一〇一年四月號文訊

老友聚會。後排右起：康潤鈿、楊以琳，前排右起：芯心、畢璞、鮑曉暉（作者）。

彩筆寫人生——憶孟瑤

多年前，在寫作班上一位學員問我，「孟瑤」是否「瓊瑤」？這位學員是e世代文藝青年，讀過瓊瑤的很多作品，因為她的小說多改編為電視連續劇，卻不知孟瑤是何許人。文壇上後浪推前浪，很多資深作家淡出文壇，連帶地他們的作品也被歲月湮沒。難怪現代的文藝青年，不知早期的作家。

事實上，臺灣光復初期的文壇上，有很多「拓荒者」的作家。臺灣文壇，現在繁花似錦的書海，眾多的文學作品，當年那些拓荒者的耕耘功不可沒。

二次世界大戰結束後，臺灣初期的文壇曾被喻為「文化沙漠」。但這塊文學荒地，依然有一些文學愛好者的寫作人在其中耕耘。除了當時的軍中作家，還有一些女作家，以筆為犁、以滿腔地熱愛為肥料，用生活中的體悟、人間的悲喜做種子，在這塊貧瘠的地上默默耕耘，使荒蕪地上冒出文學嫩芽，茁長成賞心悅目的花朵。

當年，我是剛離開校門的文藝青年，少小離鄉，告別親人，來到這陌生的海島，內心的感受除了備思親，還有寂寞茫然。慶幸，愛好文學的心，注意到這些花花朵朵，成為我內心的慰藉。

那個時代，無論本土作家、外來作家，同是曾受過戰爭洗禮的人，有著共同的生活的顛沛，日子的困境。雖然程度不同，但卻有志一同的慶幸戰亂結束，以樂觀、豁達來療傷撫痛，面對當下，展望未來。這種寫作態度給我這初識人間愁滋味的青年很大的鼓勵和撫慰，振刷沮喪的毛翼，許下鴻志，也為自己走出一條人生有意義的道路。

那時文壇雖被喻為「文化沙漠」，但報紙都有文藝副刊，市上也有一些純文學的雜誌，和當時作家的書籍。讀副刊、雜誌，穿梭在書市之間搜尋作家的書籍，是我生活中最大的樂趣。

那時我的書架上的作家有筆鋒俏皮活潑的林海音，以溫柔敦厚之筆寫溫馨散文的潘琦君，誠摯親切文字風格的王琰如，豪爽、犀利、瀟灑文如其人的劉枋，文字典雅雋永的張秀亞，寫感人小說的畢璞，寫長篇小說的孟瑤。

而其中孟瑤的著作甚豐，以小說為主。抗戰時在重慶教書時她即開始寫作，來臺後依然筆耕創作。她的小說以亂世兒女情，及亂世時代人生的際遇，人性故事為主軸，可以說取材自人生，因此甚得讀者喜愛。

我第一次認識孟瑤很「小說」化。

民國四十九年我住在新生南路，那時的新生南路是很詩情畫意的街道；瑠公圳淙淙穿越街心流過，兩岸垂柳依依，在柳蔭掩映中，間隔不遠就有一座小水泥橋跨在圳上，圳旁巷內多是花木扶疏，幽靜的日式房子。也許是環境優美，我住的巷子內有幾戶「名人」，我隔壁的芳鄰是上海當年紅遍半邊天的平劇青衣名角——金素琴女士。

有一個星期天早上，我從菜市場回來，看到金家大門口站著一位女士按門鈴，一邊蹺著腳往門內瞧，看到我是鄰居，就問：「這家人都不在嗎？」

「不會吧，她家的娘姨總會在的。」金家有位女傭，是金素琴從上海帶來的，上海話稱「娘姨」。

我邊回答，邊打量這位女訪客；一件藍布旗袍，腋下夾了個塑膠皮的手提包，腳下一雙太空鞋，一副不修邊幅的裝束。金素琴那時雖然已不再活躍於菊壇，但生活依然保持名角的習慣；家中常是高朋滿座，午後清唱的絲竹聲、午夜嘩啦洗牌聲隱約可聞。她家的訪客，女士多是珠光寶氣，男士多是衣履光鮮，這位樸素的訪客讓我印象深刻。

我們正問答間，門內響起一陣腳步聲，只聽娘姨的吳儂軟語腔的國語問：「來囉！來囉！是啥個人？」

門開處，娘姨看到訪客熱絡的喊：「楊教授」，回頭對院內廊下站著的金素琴說：「孟瑤小姐來嘍！」

那時的鄰居，不像現在互不往來，出入相遇時會寒喧閒話家常。有時我會到金家串門兒，偶爾會遇到她，她擅唱老生戲，後來知道大華晚報連載的一篇小說「黎明前」是她寫的，我和娘姨都是她忠實的讀者。她人風趣又親切。

後來我搬離新生南路，再見到她時，已是多年後，是在一位文友的邀宴上。舊識相遇，我們憶往話舊；談到金素琴已逝世，新生南路的瑠公圳消失，變成大馬路，有的日式房子改建成高樓，人事全非，不禁相對唏噓，有滄海桑田之嘆！

那時，我正狂熱地投入爬格子的興趣中，不免向她請益寫作的成功之道。她那天對我說的一席話，至今讓我銘記在心。而多年後的今天，我深刻地體驗出她話中的指點；她說：「寫作除了要有濃厚的興趣，還需要一分堅強的定力，否則難寫出好作品。很多作家說筆耕要耐得住寂寞。我認為不是寂寞，是孤獨。因為寫作時，你雖孤處斗室，或獨伴孤燈，但內心卻如面對眾多『知音』（讀者），娓娓訴說衷情，宛如和朋友聊天兒。但必須遠離人群，獨自思考、構思，用文字的七巧版，拼顯出自己的理念，拼湊出感人的故事。」

的確，創作需要孤獨，獨自走入自己內心的世界，構思自己理想作品的藍圖。可惜，我是個耐不住孤獨的人，內心總是擋不住人間紅塵的熱鬧，常常擲筆推紙，且去消遙玩樂！至今已兩鬢斑白，都沒有寫出滿意的作品。

最後一次見面是在一個影片試片會上，她已滿頭華髮。她說教職退休後，寫東西也成封筆狀態，還開玩笑說：「還是唱戲好玩，固定參加一個朋友的清唱會。」去年她去世。

目前，得知文建會出版「二〇〇〇文學年鑑」為研究者及後世留下前輩作家珍貴資料，在發表會上並向以殞落的文壇耆老致敬！其中有孟瑤。

孟瑤，本名楊宗珍，重慶國立中央大學畢業。曾任教師大、中興大學，及新加坡南洋大學。著有《心園》、《望鄉》、《危巖》等小說、散文，論著五十餘部。昔人已遠，但她以彩筆寫下她那個時代的人生，了無遺憾！

刊於民國九十一年六月十一日
青年副刊

文藝界中視看製片。右後排第二人白髮者為孟瑤，旁為作者，前排第二人為羅蘭。

深情回眸話世間情緣——專訪鮑曉暉

林少雯　作家

豐美的旅程

睽違了十多年，文壇資深作家鮑曉暉，又累積了約十多萬字的文稿，預計在今年出版新書。新書的書名就叫《豐美的旅程》，這是她的第二十三本作品。

出生於民國十五年的鮑曉暉，本名張競英，遼寧省鐵嶺縣人。五歲時就遇到「九一八事變」，她小小年紀就跟隨身為鐵路局工程師的父親東奔西逃，父親調職到哪，全家就跟著搬遷到哪。所以鮑曉暉小學在太原、開封就讀，後來又因對日抗戰開始，開封遭轟炸，全家又漂泊至鄭州、漢口、衡陽和桂林，再有機會進桂林東門小學就讀，之後因父親調職修建滇緬鐵路，又舉家遷至昆明，敵機大舉進逼昆明，鐵路員工眷屬遷往祥雲縣，成立子弟小學，她才有機會將小學念完。

在顛沛流離的日子裡，鮑曉暉入祥雲縣立中學讀初中，與文學結下深緣，念昆明建國中學時，又有幸聽沈從文開講，結下師生緣。她自昆明市立高中畢業，抗戰結束，回瀋陽考取東北大學，就讀紡織工業，國共內戰烽火再起，鮑曉暉才唸到大二就匆忙結婚而跟隨父親至山海關避難，然後隨夫婿倉促來台。

跟許多於戰亂中來到台灣後才開始寫作的大陸籍女作家一樣，民國五十三年，鮑曉暉四十歲，那一年她提筆寫出來台的第一篇作品，此後二、三十年間創作不輟，不但出版二十多部作品，也榮獲教育部文藝創作小說獎、中央日報探親文學獎、青年日報文學獎及觀光文學獎等。

鮑曉暉文風淳厚，文筆細膩，她寫過散文、小說及兒童文學作品。作家畢璞在鮑曉暉《奶爸時代》一書的序中說：「我覺得她對社會百態能冷眼旁觀，而又具有古道熱腸，再加上歲月的智慧與人生的歷練，透過她細膩的筆觸，全書可讀甚高，也處處發人深省。」

1949年後來台的作家，經歷過烽火歲月，親眼見國家分裂，他們離鄉背景，落腳台灣，一住就是一輩子，他鄉已成了故鄉。這種有兩岸經驗的作家前輩，和在台灣出生的作家的作品，深度和廣度是不同的。鮑曉暉的作品中，有很多是對故國家園的回眸，跨過兩個世紀的生活歷練，需要更多的深情來澆灌。

去年中華民國百歲《文訊》出版的「百年一薈・藝文特展」專刊中，鮑曉暉寫下對國家百歲華誕的感言，她說：「人生不滿百，我卻親臨國家百歲華誕，跨越兩個世紀。如果人生是造物者給我安排的一趟旅行，我看過鳥語花香，走過高山大川，經過戰亂困頓風霜，也享受過繁華富裕樂事。有親情友情，愛過被愛過。此生無憾！感謝這一路庇護我的國家。更感謝一路伴我行的旅伴！」

鮑曉暉深情回眸，這一路從大陸到台灣，從小女孩開始喜愛文學和文藝到成為一位知名作家，回顧自己八十六歲的人生旅程，鮑曉暉以「豐美」來詮釋，那豐美裡有她的深情，有她在書中所要敘述的「世間情緣」、「記憶深處」、「台灣足跡」、「藝術文學」以及「浮生閒情」。

她在新書的序中說：「回首來時路，有風霜雨雪，也有鳥語花香。有辛苦奔波，也有安逸閒暇。有戰亂血腥，也有親情友愛。有挫折沮喪，也有順遂喜悅。此刻的心情『無風無雨也無晴』滿天晚霞夕陽紅。」

〈母親的懺悔〉敲開副刊寫作大門

小學起，鮑曉暉就愛讀傳統的古典小說，又有一位熱愛中國文學和喜歡說故事的才女祖母，從小就給鮑曉暉講西遊記，引發她對看書的極大興趣，因此小學還未畢業，她就開始看閒書，最早讀的是武俠小說，兒女英雄傳、七俠五義等江湖故事，老早就在她腦海中發酵。

鮑曉暉在昆明讀祥雲縣中時，留學回來的前任校長從北京帶來一批世界文學名著，更成了她的精神食糧。她得到老師的賞識，課餘管理圖書館，更給她接觸書籍的機會。於是館內的中外圖書，及五四新文學運動後的作品，和當時的新月派作家、左聯作家及小說月報、東方雜誌、西風雜誌等，她都讀遍，埋下對文學的興趣以及日後寫作的基礎。

在念昆明市立高中時，鮑曉暉第一次嘗試寫作，初試啼聲她寫了一首十四行詩〈念故鄉〉，發表在《掃蕩報》副刊，這是她的處女作。

在東北大學唸到大二，眼看著國共內戰，戰火蔓延，局勢緊張，鮑曉暉的父親先讓女兒結了婚，帶她一起逃難到山海關。她的夫婿鮑家騶是北洋大學水利土木工程系的，當時在東北水利局任職，隨後乘坐軍機逃出瀋陽來會合。當時國共戰局呈現拉鋸情勢，瀋陽局勢吃緊，城內已缺糧。父親認為當時只有逃到台灣最安全，但他從九一八事件起就因國難而東奔西逃感到相當勞累，因此不想再過逃亡生活了。鮑曉暉的大姊已結婚，其他五個弟妹都還在學，所以就安排鮑曉暉一人隨著夫婿來台。

剛到台灣，他們住嘉義，鮑家騶先任職於嘉義鐵路局，接管日本人留下來的阿里山鐵路。在他任內運送木材的鐵路貨運發展為客運，火車也被改成蒸汽火車頭，並進步到電氣化。這期間，鮑曉暉在家相夫教子。十年後，他們搬到台北，鮑先生到林務局任職，直到退休。而鮑曉暉則進入水利局工作。

民國五十三年，鮑曉暉再度提筆寫出來台後第一篇作品〈母親的懺悔〉，她寄給了《大華晚報・甜蜜家庭版》，敲開了她的寫作大門。當時主編是畢璞，從此她們成了莫逆之交。第二篇〈一張賀年片〉，發表於《中央日報》副刊。此後她開始為《臺灣新生報》寫「聒聒集」、「拂塵集」，為《大華晚報》寫「南窗下」和「燈下漫談」等專欄，後來在《國語日報》、《台灣日報》、《青年戰士報》等也相繼撰寫專欄。

白天在水利局任公職的鮑曉暉，主管的是檔案管理業務，這是個閒差，每天上半天公文還沒進來，她閒著沒事，會躲到檔案櫃後面去寫作，打好草稿，晚上回到家再修改和謄稿。

民國六十一年鮑曉暉加入中國婦女寫作協會、中國文藝協會等文藝團體。這中間因水利局遷往台中，她跟著到台中上班，後又請調台北規劃局。

白天有正職的鮑曉暉，寫作對她來說，是業餘的消遣。但幾個專欄寫下來，加上小說和散文一本本地出版，以及陸陸續續榮獲的文學獎，讓鮑曉暉對寫作越來越起勁。退休後，是她專業寫作的開始，她先還在南山高工兼了兩年課，教歷史，後來還應聘為《國語日報》蕙質媽媽班寫作課老師，也任台北文藝協會、道藩圖書館等寫作班老師，並熱心地參與各文藝協會的運作事宜。

退休生活天地寬，鮑曉暉經常往返大陸探親和旅遊，生活領域拓寬了，眼界也開闊了，一本本懷舊和故國情的新作問世，為她的作品增添新的風情。

與鄰居沈從文的一段師生緣

從少女時代就愛讀書的鮑曉暉，在昆明唸高中時，抗戰軍興，北京大學、清華大學和南開大學等北方名校南遷至昆明成立「西南聯合大學」，此時沈從文也攜眷入滇。當時的西南聯大因名師雲集而赫赫有名，朱自清、聞一多、潘光旦、梁實秋、沈從文等都齊集該校講學。

一九四一年，對日抗戰進入第六年，敵方大舉轟炸大後方。昆明市內很多學校和機關員工眷屬都疏散到鄉間。那時鮑曉暉的父親主修昆明巫家壩飛機場，員工眷屬均搬遷到桃源鎮上。鮑曉暉唸的建國高中亦疏散並搬來桃源鎮，因此與沈從文結下一段師生緣。

當時建國中學的校長是沈從文的學生，抗戰時期大夥兒都窮，校長請沈從文來校兼課賺點外快。沈從文對高中生開了一門「新文藝理論」的大學課程。作家向來是文藝青年仰慕的對象，青年學子聞風而來一睹這位名作家的豐采。鮑曉暉見到這位戴著黑框眼鏡，身穿一襲深灰長衫，長相俊秀、溫文儒雅的名家，心中一愣：「那不是住在我家隔壁的教授嗎？」原來當時沈從文的夫人張兆和女士也在建中初中部教英文，他們夫妻正好是鮑曉暉的鄰居。

鮑曉暉說校園盛傳張兆和在大學裡外號叫「黑鳳」，是沈從文的學生，是他以一百封情書攻勢追來的美眷。張兆和長得很漂亮，皮膚微黑而細嫩，一雙丹鳳目，笑起來貝齒微露。漆黑的長髮梳成辮子，盤在頭上，更加俏麗。經常一件陰丹士林藍旗袍，素顏沒有半點浮華脂粉味。學校裡一群情竇初開充滿浪漫情懷的小女生很迷她，常到初中部看她上課，找機會和她說話。

在鮑曉暉的記憶中，沈從文的課並不叫座，但家中卻常高朋滿座。到學校兼課的除了西南聯大的教授，還有雲南大學的、東方語專的。這些遠到的老師住在此窮鄉僻壤，課餘時無處可去，都到沈從文府上「擺龍門陣」。因此沈家相聚皆文人，往來無白丁。在萬籟俱寂的深夜，只有沈家的燈光依然亮著，並不時傳出笑語聲。

鮑曉暉班上同學，曾分批被沈師邀為座上客。她說沈家非常幽靜，一方小院中屹立著一棵桃樹，以及種植各式花草。小屋內家具簡單，都是竹製品，加上沈師母慧心巧手的藝術佈置。沈師母能化腐朽為神奇，窗帘、椅墊，都是手工藝品。還將肥皂箱拼成茶几，鋪上繡花桌巾，几上擺瓶花兒，陋室立刻生輝。沈師藏書多，在逃難的歲月中，竟也攜書同行，沈師母用肥皀箱拼成半壁大書櫥。

沈師書櫥裡的托爾斯泰、屠格涅夫、史坦貝克及左拉的作品，在高中與大學時代一直是她的課外讀物。三十年代作家的禁書解禁後，鮑曉輝在衡陽路金石堂看到沈師的著作，乍見如見故人，前塵往事湧向心頭。她說沈師的風範對她影響很大，讓她更喜歡文學，也埋下她走上寫作之途的種子！

筆耕的苦與樂

鮑曉暉說筆耕的日子，有苦有樂。四十多年前剛開始寫作，那時報紙多，副刊也多，只要肯寫，不愁沒有園地發表。當女作家的風光，是快樂無比的，寫作讓生活更加充實，把日子填得滿滿的。鮑曉暉那時年輕，對寫作非常狂熱。身為家庭主婦兼職業婦女，相夫教子和朝九晚五，讓她在家有做不完的家事，上班和寫作讓她案牘勞形，真是公私兩忙。

做事和寫作都很認真的她說：「怕給專欄開天窗，常在午夜到巷口的郵筒投寄稿子。」可以想像萬家燈火漸次熄滅，長巷寂寂，她在巷道的燈火闌珊中，踽踽獨行，抬頭見皓月當空，嘴角不禁微笑，心中感到愉悅而滿足。

她說：「有時丈夫午夜醒來，探首書房，見我仍擁燈疾書，會疼惜的輕聲責備：『三更半夜，寫些什麼玩意兒！』」此時，鮑曉暉總是微笑以對，她說：「他非魚，不知魚之樂。」

因為寫作，她結交了許多文友，成為知交好友。浸淫於文學中，與文友們時相往來，彼此切磋，其樂無窮。還有更令她開心的事，就是參加文友合唱團和慶生會。

熱情開朗的鮑曉暉，喜愛唱歌，唱歌讓她快樂得像個小女孩。經常練唱、演唱，合唱團還唱到大陸去，一展台灣女作家的歌唱才情和豐采。而慶生會更讓她每月都能和作家好友們見面，大家吃吃喝喝聊聊，除了聯絡感情，也讓生活更豐富有趣。

女作家們的往來，少有文人相輕的心態，大家都像姊妹般相親。有文友相伴的日子，作品能彼此分享和鼓勵，寫作也更加有勁。

豐收的喜悅

鮑曉暉筆耕的歲月是豐收的，寫作對她來說是既迷人而又有成就感的。她說：「有人說寫作是雕蟲小技。但它的迷人處就在那個『雕』的過程中，和『技』的完成後；一位雕刻師，把全副心力和才華注入刀尖斧刃上，一刀一斧的雕著鑿著，那花鳥蟲魚來到眼底，畫棟雕樑浮向眼前，威風凜凜的關公，正氣浩然的岳飛，慈眉善目的觀世音，都到了現實生活裡。為完成這些多采多姿的藝術品，雕刻師無視生活中諸般拂逆，忘卻歲月的流逝，樂在其中。」從這段話中，讀者最能領略鮑曉暉寫作時快樂的心境。寫作，讓她在現實生活和心靈境界都得到最大的滿足和愉悅。

在二十多本著作中，她自己最喜愛的是第六本散文集《深情回眸》（台北：三民書局，一九九五）。書中有她的心情告白、生活的歌、浮世描繪、萍蹤憶往、夢繫舊情以及旅途情懷；書中她盡情揮灑心情的靈思；述說她的生活情趣和經驗；記述生命中的喜怒哀樂、世間百態；故國家園的浪跡之旅及見識到的風土人情，在舊日的歌聲淚影中，寫下旅人的心情。

她說：當我寫《深情回眸》時，重溫昔日的生活點點滴滴，忽然領悟到人生一世總有許多歡喜與煩愁。這些不同的歡喜與煩愁，使每個人有不同的人生──幸福的、不幸的。不過，心中如果常燃著一盞樂觀的燈，人生的道路即使坎坷，也能跋涉過來而走向康莊大道。這盞樂觀的燈就是「豁達」。因為這本書牽動了一位就讀南華大學文學研究所碩士班學生趙台萍的心，因此她開始搜羅鮑曉暉的作品，以〈鮑曉暉散文研究〉做為她的碩士論文。

在鮑曉暉的作品中，她自認最有紀念意義的是《長城根下騎駱駝》（台北：文史哲，二〇〇一）。這部書緣起於《國語日報．少年版》，當時的主編余玉英得知她經常去大陸探親和旅遊，基於剛開放不久，人們對大陸是陌生而好奇的，於是為她開了每週一篇的「故國情懷」專欄，請她為青少年介紹旅遊及探親的種種見聞和感想，揭開少年學子對中國的神祕感。鮑曉暉說：「我是以『白頭宮女話當年』、『留予他年說夢痕』的心情出版這本書。」

鮑曉暉的寫作面向是多元的，她為社會大眾寫作，也為青少年和兒童寫作，身為女人，她當然也關心女人，並為女人寫作。當年她寫的幾個專欄，像「聒聒集」、「拂塵集」等都是女人相關話題，對女性朋友在家庭、生活、婚姻、子女及未婚女性等都多所鼓勵和關懷。這些都收在她的《女人的知心話》裡。而她對「兩性新觀念」的看法也結集成《奶爸時代》。

鮑曉暉出版的二十多部作品，依出版年代排序，分別為：《愛到深處無怨尤》、《不如歸》、《異鄉‧鄉情》、《開羅會議》、《人間愛晚晴》、《鐵面佛心——居正的故事》、《孤軍英雄——謝晉元》、《美麗寶島》、《永恆的友情》、《威武不屈——史堅如的故事》、《故鄉水》、《童年往事》、《女人的知心話》、《寂寞沙洲冷》、《深情回眸》、《種一株花樹》、《烽火歲月》、《奶爸時代》、《歲月留金》、《長城根下騎駱駝》、《聰明女人‧貼心男人》、《雲遊旅痕》等，這些包括小說、散文、雜文和兒童文學作品，還有《蔬菜風波》、《患難夫妻》等電視劇本，和《民族英雄謝晉元》廣播劇六集。

感恩心寫作情

在即將出版的新書《豐美的旅程》序中，鮑曉暉寫道：「我更感謝造物者的殊寵，祂賜給我一隻靈筆，這一路上的經歷、見聞、感受都是我書寫二十餘本作品的活水源頭。」

感恩的心，讓她隨緣、開朗、溫厚和柔軟，使她的小說、報導、遊記、隨筆、智慧小語、小品等都充滿熱情和智慧。

她說：「每個人都有自己獨有的人生旅程。文學原本就是人生的故事，作者書寫的作品，都取材自己的生活經歷，不管是偉大的、平凡的，世人翻閱，都會由這些故事中得到些許的共鳴與感悟，讓自己的人生之路走得更順坦酣暢，豐美。」

身為作家，雖是興趣所致，但作家的社會責任鮑曉暉一點都不疏忽。她的作品，從她的生活經驗出發，寫出所見、所聞、所感，讓讀者可以學習、共鳴和感悟，並從中得到指引，讓生活順坦和感情酣暢。

鮑曉暉的人生故事中，有父母恩、家國情、夫妻愛、子女情、友情、讀者情，這種種世間情緣，她都自己親手撰寫，篇篇都精采萬分。她用感性的筆，寫人生，寫經歷，寫感恩，寫悲歡離合和喜怒哀樂。

如今在電腦稱霸的網路世界裡，人們閱讀習慣大異於從前，紙本已被認為落伍，寫作型態亦跟著大變，報紙副刊亦銳減並一改傳統的文藝風格，許多不會使用電腦，仍然徒手寫稿的作家，被迫停筆。鮑曉暉感恩《文訊》、「華副」還禮遇手工稿。尤其《文訊》更是敬老惜才，為資深作家闢了一塊「銀光副刊」園地，讓文壇老園丁們有機會重新燃起寫作的熱情。

鮑曉暉雖然寫得少了，但她還會繼續寫，直到她寫不動為止。

——原發表於《文訊》三一九期，二〇一二年五月

寫作年表

1、愛到深處無怨尤【小說】，龍鳳出版社，民國六十七年
2、異鄉、鄉情【散文】，正統出版社，民國六十八年
3、美麗的寶島【報導文學．散文】，新生報出版社，民國七十一年
4、人間愛晚晴【小品雜文】，采風出版社，民國七十一年
5、永恆的友情【散文】，堯舜出版社，民國七十一年
6、故鄉水【散文】，道聲出版社，民國七十六年
7、童年往事【散文】，國語日報出版中心，民國七十九年
8、女人的知心話【專欄小品】，海飛麗出版社，民國八十二年
9、寂寞沙洲冷【小說】，黎民文化出版社，民國八十二年
10、深情回眸【散文】，三民書局，民國八十四年
11、種一株花樹【散文】，黎民文化出版社，民國八十四年

12、烽火歲月【少年寫實小說】，富春文化出版社，民國八十八年
13、奶爸時代【雜文小品】，九歌出版社，民國八十八年
14、歲月流金【散文】，三民書局，民國九十年
15、長城根下騎駱駝【散文】，文史哲出版社，民國九十年
16、雲遊旅痕【遊記】，黎民文化出版社，民國九十一年
17、開羅會議【歷史報導】，中國文物出版社，民國七十年
18、浩然正氣【兒童歷史小說】
19、蔬菜風波【電視劇】，台視
20、民族英雄謝晉元【一星期連續劇】，中廣公司

得獎

1、教育部文藝創作獎
2、觀光文學創作獎
3、中央日報探親文學獎
4、青年日報建國八十年文學創作小說獎

相關論述

〈鮑曉暉散文研究〉，趙台萍，南華大學文學研究所，指導教授：沈謙

釀文學114　PG0809

豐美的旅程——鮑曉暉散文集

作　　者　鮑曉暉
責任編輯　王奕文
圖文排版　邱瀞誼
封面設計　蔡瑋中

出版策劃　釀出版
製作發行　秀威資訊科技股份有限公司
114 臺北市內湖區瑞光路76巷65號1樓
電話：+886-2-2796-3638　傳真：+886-2-2796-1377
服務信箱：service@showwe.com.tw
http://www.showwe.com.tw
郵政劃撥　19563868　戶名：秀威資訊科技股份有限公司
展售門市　國家書店【松江門市】
104 臺北市中山區松江路209號1樓
電話：+886-2-2518-0207　傳真：+886-2-2518-0778
網路訂購　秀威網路書店：http://www.bodbooks.com.tw
國家網路書店：http://www.govbooks.com.tw
法律顧問　毛國樑　律師
總 經 銷　聯合發行股份有限公司
231新北市新店區寶橋路235巷6弄6號4F
電話：+886-2-2917-8022　傳真：+886-2-2915-6275

出版日期　2012年10月　BOD一版
定　　價　280元

Printed in Taiwan

國家圖書館出版品預行編目

豐美的旅程：鮑曉暉散文集 / 鮑曉暉著. -- 一版. -- 臺北市：釀出版,
2012.10
面；　公分. --（釀文學；PG0809）
BOD版
ISBN　978-986-5976-59-0（平裝）

855　　　　101014989

讀者回函卡

感謝您購買本書，為提升服務品質，請填妥以下資料，將讀者回函卡直接寄回或傳真本公司，收到您的寶貴意見後，我們會收藏記錄及檢討，謝謝！

如您需要了解本公司最新出版書目、購書優惠或企劃活動，歡迎您上網查詢或下載相關資料：http:// www.showwe.com.tw

您購買的書名：________________________________

出生日期：________年________月________日

學歷：□高中（含）以下　□大專　□研究所（含）以上

職業：□製造業　□金融業　□資訊業　□軍警　□傳播業　□自由業

□服務業　□公務員　□教職　□學生　□家管　□其它_____

購書地點：□網路書店　□實體書店　□書展　□郵購　□贈閱　□其他

您從何得知本書的消息？

□網路書店　□實體書店　□網路搜尋　□電子報　□書訊　□雜誌

□傳播媒體　□親友推薦　□網站推薦　□部落格　□其他__________

您對本書的評價：（請填代號　1.非常滿意　2.滿意　3.尚可　4.再改進）

封面設計____　版面編排____　內容____　文／譯筆____　價格____

讀完書後您覺得：

□很有收穫　□有收穫　□收穫不多　□沒收穫

對我們的建議：________________________________

____

____

____

請貼
郵票

11466
台北市内湖區瑞光路 76 巷 65 號 1 樓
秀威資訊科技股份有限公司 收
BOD 數位出版事業部

....

（請沿線對折寄回，謝謝！）

姓　　名：＿＿＿＿＿＿＿＿　年齡：＿＿＿＿　性別：□女　□男

郵遞區號：□□□□□

地　　址：＿＿＿＿＿＿＿＿＿＿＿＿＿＿＿＿＿＿

聯絡電話：(日)＿＿＿＿＿＿＿＿＿＿ (夜)＿＿＿＿＿＿＿＿＿＿

E-mail：＿＿＿＿＿＿＿＿＿＿＿＿＿＿＿＿＿＿